名著里的那些爱

彭娇妍◎著

中国言实出版社

图书在版编目(CIP)数据

名著里的那些爱 / 彭娇妍著. -- 北京：中国言实出版社, 2014.1

ISBN 978-7-5171-0239-7

Ⅰ. ①名… Ⅱ. ①彭… Ⅲ. ①世界文学 – 文学欣赏 Ⅳ. ①I106

中国版本图书馆CIP数据核字（2013）第308993号

责任编辑　文涓涓

出版发行　中国言实出版社

地　址：北京市朝阳区北苑路180号加利大厦5号楼105室

邮　编：100101

编辑部：北京市西城区百万庄大街甲16号五层

邮　编：100037

电　话：64924853（总编室）　64924716（发行部）

网　址：www.zgyscbs.cn

E-mail：yanshicbs@126.com

经　销　新华书店

印　刷　三河市祥达印刷包装有限公司

版　次　2014年4月第1版　2014年4月第1次印刷

规　格　710毫米×1000毫米　1/16　15印张

字　数　182千字

定　价　28.00元　ISBN 978-7-5171-0239-7

Contents

目 录

壹 尊严之花，且沐风雨，且遭霜剑

姓名：简·爱
出处：《简·爱》——夏洛蒂·勃朗特
身份：父母双亡，寄居于舅母家的孤儿
人生格言：爱情，是你我平等的相互依恋

贰 迷途往返，原为舍不掉的桃花劫

姓名：安娜·卡列宁娜（俄国）
出处：《安娜·卡列宁娜》——列夫·托尔斯泰
身份：将妻子、情人与母亲身份一起捆绑的官家太太
人生格言：上帝把我造成这样一个人，我需要恋爱，我需要生活

叁 情爱的迷宫，花落几许

姓名：斯佳丽·奥哈拉（美国）
出处：《飘》——玛格丽特·米切尔
身份：塔拉庄园女主人、木材店老板
人生格言：夸父逐日一般，向往爱情的铠甲勇士

肆 青春，岂是廉价的欲

姓名：爱斯美拉达
出处：《巴黎圣母院》——雨果
身份：流落风尘的女子与身份不详的贵族的后代，现为流浪艺人
人生格言：将自己置于情爱祭坛上，甘作替罪羔羊

伍 无以言状的忧伤

姓名：苔瑞莎（英国），苔丝原是爱称
出处：《苔丝》——托马斯·哈代
身份：黑原谷里依靠贩卖鸡鸭维生，且嗜酒、好赌的农家小贩的女儿
人生格言：宁要玉石俱焚，也要爱的回归

陆 最险的迷局，你能逃遁几许

姓名：卡门希达
出处：《卡门》——梅里美
身份：强盗、走私犯、诱惑男人走向堕落深渊的罪魁祸首
人生格言：这个世界上何曾有爱，那个薄如蚕翼的“情”字，怎比满箱的金银实在。

柒 红色的情深烙印，难敌苍凉的旧时过往

姓名：海斯特·白兰
出处：《红字》——纳撒尼尔·霍桑
身份：爱人失踪，且在封建的审判台上被罚佩戴红字的有罪之妇
人生格言：终其一生也要守护胸前的那个耀眼红字

捌 贪念风雪，且负岁月且负卿

姓名：爱玛（法国）
出处：《包法利夫人》——福楼拜
身份：向往浪漫的医生太太
人生格言：在浪漫与浮华之中，醉生梦死

玖 拿什么留住你，我的爱

姓名：（我）杜拉斯（法国）
出处：《情人》——玛格丽特·杜拉斯
身份：来华留学生
人生格言：懵懂的青春只知爱恋，却不懂爱恋

拾 人生何处再相逢

姓名：驹子
出处：《雪国》——川端康成
身份：善弹三弦琴的雪国温泉旅馆的五等艺妓
人生格言：退而求其次的等待中，误了青春，也误了他人

拾壹 泪溅桃花，情弥海天

姓名：玛格丽特（法国）
出处：《茶花女》——小仲马
身份：上流社会的“交际花”
人生格言：这样决绝地离去，只为在生命的尽头痴心守候

拾贰 情谊，价值几许斤两

本名：伊丽莎白·鲁塞（法国）
出处：《羊脂球》——莫泊桑
身份：风尘女子
人生格言：阳光、正义、恪守底线，且乐于帮助他人

壹　尊严之花，且沐风雨，且遭霜剑

Chapter one . Jane Eyre

姓名：简·爱

出处：《简·爱》——夏洛蒂·勃朗特

身份：父母双亡，寄居于舅母家的孤儿

人生格言：爱情，是你我平等的相互依恋

曾沐风霜如旧。恨得吟霜残袖。一夜彷徨寒露透，檐下泪奔走。

莫羡情浓植绿柳。只一片，玉壶知否？却教那，释怀凄凉景，恰在人约后。

——雨中花·彭娇妍

小小的她，曾是坚果一般地坚硬。

刚刚来到人世，她便相继失去了最最疼爱她的父亲与母亲。从此，她身无依靠，成了寄养在舅舅家中的孤儿。在与舅妈和舅妈的儿女相处的岁月里，她被视作盖茨黑德府里的累赘，备受磨难。但是始终，她都是昂着头，竭力在为自己的平等而争。

“不为五斗米折腰”，一如小小的她骨子里那点微微闪光的东西，在照亮她前行，指引着她在人生的十字路口，作着一次又一次选择。

1. 寄人篱下沐霜剑

月下老人有心做媒，萍水相逢的简·爱与他，曾在林间的马路上相遇。

彼时，他曾是富有的桑菲尔德庄园主人；而小小的她，只是因了生活所迫，而在他的府上靠做家庭教师维持生存。

那日，又是一个难得的晴天。因为时值隆冬，残雪依旧的林间空气是彻骨地寒。故而，马路上的积水坑，依然结满了厚厚的冰。刚刚抵达新工作地的简·爱，因为要将自己工作地的情况反馈予孤儿院，于是，趁着为她的唯一女学生教授完当日的功课后的闲余，裹着厚厚披肩的她，便携着拟好的书信，从通往邮政所的这条必经之路慢慢地朝前走。恰好，久久不归的桑菲尔德庄园主人，也偏偏在这样的时日，赶着马车回来了。冰雪路滑，一个不慎，他便一下子马车连人，摔了出去。

见到有人摔到在路边，内心的善良便指引着简·爱，主动朝着罗切斯特走了过去。面对躺在地上，动弹不得的罗切斯特，简·爱关心地询问着他，是否需要帮助。而此时的罗切斯特因为失败的婚姻，颓废地浪迹于天涯。面对别人的援助，性格阴郁而又喜怒无常的他，一概拒绝了。车祸情势严峻，简·爱依旧停留在他的身边，任凭罗切斯特如何驱赶，也寸步不离。

随后，一若擦肩而过的你我，他们奔向了各自的地方。

他们，就这样相识了，直到送完信的简·爱返回桑菲尔德庄园才发现，马路边受伤的人，原来就是他——桑菲尔德庄园的主人。其实，作为路人，关心一位摔倒在路边的人，是最为平常不过的事了。可如此寒暄，在罗切斯特先生的眼里，便成了惊若逝水的巧遇。

婚姻，不是金钱和财富的加减，更不是两个人的生理结合。而他的富有，同样也是起源于人的骨子里的“贪婪”。 原本贫穷的他，是在父亲的安排下，用一桩欺骗的婚姻为家人换来富裕人的日子的。

欺骗中，棋子一样的他，被人用只观其人、不见其言的方法，令罗切斯特在婚前只与对方见了三五次面。并且每次见面时，打扮一新的未婚妻均是与他匆匆一视，从未曾有过任何实质性的交流。就这样，因了说客的推波助澜，且在美色、财富的诱惑下，罗切斯特和他的家人得到了一笔数额高达三万英镑的巨额财富。

确实，因了生活所困的罗切斯特家人，从此不会再为生计而发愁了。可罗切斯特何曾知晓，享用免费的午餐，是要受到责罚的。

婚后不久，有关妻子的种种便在他们相处的日子里，暴露无遗了。如此费尽心思，其实是妻子的一家，一连三代都患有精神障碍的疾病。并且，妻子的举止趣味低级、气质平庸、语言乏味单调，更令罗切斯特无法接受的还有他们之间相去千里的人生观念，以及无法沟通的情感障碍。

四年之后，罗切斯特的父亲与哥哥去世了。而与他性格、喜好格格不入的妻子，也在这一年彻底疯了。随后，“富有”的他除了拥有一位患有精神分裂症的妻子，还有一位连他自己也搞不清父亲是谁的“女儿”。

失败的婚姻、人生的无助，大山一般地压着年轻的罗切斯特。因是有妇之夫，并且妻子患有精神疾病，他也不能休了她而停妻再娶。渴望爱情，向往平等的他只能为了所谓的自由，而保住自己的名誉。他将疯了的妻子带回桑菲尔德庄园，出高价请来了照顾妻子的仆人，自己则自甘堕落地开始浪迹天涯。

他接二连三地与不同女子交往，企图在她们那里找寻些许安慰。可所接触到的，却是一张一张，“一切向钱看”的虚假笑靥。长久地沉迷于美丽与虚假的世界，富有的罗切斯特已然看不到人性中何者为真、何者为爱了。

桑菲尔德庄园硕大无比，但却是一个被人遗忘在高大丛林之中的伤怀暗角。静寂的庄园里，除了年迈的女管家、他的来历不明的孩子阿黛勒，外加两个家佣，似乎已别无他物。

2. 芳菲桃李绽远山

彼时，同在人生的泥潭里挣扎的简·爱，已在清苦的孤儿院度过了八年的时光。与初到孤儿院时相比，此时的她，已经成了青春正盛的少女，并且出落得清秀如水。

在困顿的环境中，不断找寻自由空气的简·爱，其实是被狠心的舅妈如包袱一般甩给孤儿院的。

因为她的父亲与母亲，在结合时没到得到家人的认可，于是，一切的生活所需，只得自己白手起家。为了生计，身为牧师的父亲，奔走于大工业城镇里的穷人中间，故而感染了当时可以夺人性命的斑疹伤寒。随后的不久，这可怕的病毒，同样也将简・爱母亲的生命一并掳了去。

从此，她的世界便只剩下了她自己。因舅舅临终时对舅妈的托孤，无所依靠的简・爱才有了这样一个暂且栖身立命的居所。

或许是她体态臃肿的舅妈，因青年守寡而导致的苦闷，还有三个年幼孩子需要她来抚养；加之，无所依靠的简・爱身无分文，年龄幼小，更不能为舅妈的家里分担什么。所以，对于简・爱，为沉重生活压力所迫的舅妈，已然不能透支哪怕一点点爱了。况且，在舅妈眼里，因了简・爱舅舅的去世，这个小小的女孩儿，就已经与盖茨黑德府没有了任何关联。

无疑，她是这个家里多余的累赘，刻薄与冷眼亦与她时刻相随。她是大自己四岁的表兄约翰・里德的欺辱对象。表兄的长久的皮肉之苦，使简・爱的每一根神经都充满了恐惧。与简・爱年龄相仿的表姐妹伊丽莎和乔治亚，也因母亲的唆使，冷漠地视其为异己。还有那些善于察颜观色的家佣，因见其主人如此态度，也无一例外地对简・爱加以冷嘲热讽。镇日，无端的唠叨与责备，与简・家相依相伴。莫须有的错，永远都属于小小的她。没有人站在她的立场，她更没有申辩的机会。

心无所依，于是破旧的布偶成了她唯一的精神依靠。载着乡间小人国里的小人、小牛、小羊和小鸟；原始的爱情和冒险的故事；还有古老的神话传说，以及《英国鸟类史》、《帕美拉》、《莫兰伯爵亨利》、《罗马史》、《格列佛游记》等一部部著作，原本属于三个表亲的教育读物，都良师益友一般丰富了她的视野，陪伴着她度过一个又一个孤苦的日夜。

这尴尬的局面，简·爱也曾试图改变。她开始用好听的话语来竭尽全力讨好舅妈，并且谨小慎微地注意着自己的一言一行，主动帮助家佣做着她力所能及的家务。可一切努力，作用却是微乎其微。因她身无分文，也无生存能力。她只是盖茨黑德府里的一个吃白饭、不听话，连佣人也不如的多余之人。

可怜境遇的她，似与大观园里纤弱的黛玉同命相怜。怯弱多病，且又才思敏捷的黛玉，是被父母当作男儿来培养的。在雨村先生的教授下，年幼的黛玉不仅饱读诗书，而且善明事理。可是不幸的她，在母亲贾敏因病早故后，得祖母的授意，仅带着两个不谙世事的丫鬟乘着船儿，辞别身为扬州巡盐御史的父亲林如海，前往富有的舅舅、舅妈家生活。

在那等级森严，地位高贵的贾府里，不论贾家子孙之间的嫡、庶长子的论资排辈，就连为贾府上下日常起居服务的奴才们，也是有三六九等之分的。家境富足，谈不上生存的压力。但是寄人篱下，黛玉在举手投足之时的礼仪，主仆亲友之间的人际交往等等，表现得稍有不慎，便会成为人们茶余饭后的谈资笑柄。

虽然年幼的黛玉有贾母的疼爱，免了皮肉之苦的忧虑，但同在府上暂住，并有母亲和哥哥照应的宝钗，却是通过贾府长辈和仆人投来的或明或暗的闲言碎语来凌轹黛玉的。还有，黛玉一生之中唯一的知己——宝玉的身后，也是被府上长辈、家族外戚、同龄世友的关爱、仰慕以及猜忌所笼罩。除了年迈的贾母，这个没有任何庇护，且是如花儿一般娇嫩的女儿，终日是被一双双如霜刀、似冰剑的冷眼折磨与摧残着。

不同的是，虽然时时被孤立，处处受欺侮，但从简·爱的骨子里流露而出的却是生来便有的自我反抗。而这种不为他人所左右的反抗，随着简·爱年龄的增长，以及知识的不断积累，而表现得越来越强烈。表兄的凌辱和打骂，尽管使她害怕，但她向来没有退缩。对于外在的侵害，虽然弱小，但她伸出了小小的拳头，给予狠狠地还击。

> “你以为，就因为我穷，低微，不美，我就没有心，没有灵魂吗？我跟你一样有灵魂，也完全一样有一颗心。要是上帝也赐予我美貌和财富的话，我也会让你难以离开我，就像我现在难以离开你一样！”

也是因为反抗，当强悍的表兄被她打得痛哭流涕时，舅妈便把她作为异类一般，与黑德府的所有孩子们隔绝了。被罚夜晚独自睡一个小房间，单独用餐；被限定在保育室的范围内，不能四处走动；除此还有不断的无端打骂，成了童年简·爱的家常便饭。

逆来顺受，不是解决问题的良药。过度的忍受，只会使自己愈加陷入尴尬和困难的窘境。当她再一次被表兄打得头破血流，并被舅妈苛刻地关进了阴森的曾经是舅舅咽气时停留的红房子里时，黑暗的素装和飘忽不定的白光，使她感到了无比恐惧，伤痛引起的身体不适，一并折磨她终至昏厥。于是，生而无望的她，用尽了全身的气力，向外界发出了沉痛的呐喊。

即使这样，舅妈依旧对简·爱置之不理。第二天，不愿意搭理她的舅妈又丢下了她，带着表兄妹们外出了。借着大夫帮她诊治病情的机会，她只得如抓着救命稻草一般，向前来给她诊治的药剂师大吐苦水。她向药剂师倾述了挨打的原因，以及受伤后被关在红房子里的经过。还有，自己在盖茨黑德府受到的种种糟糕境遇。

在这样的抗争以及药剂师的建议下，简·爱以求学之名被送到了距盖茨黑德府五十英里之遥的孤儿院。

3. 兰情承意心切切

虽然，与富华的盖茨黑德府相比，孤儿院的条件清苦、简陋。舅妈送走她时的情景是如此迫切，但简·爱终究走向了新的人生。

黎明前，乘着不太明亮的夜空，无人送别的简·爱便提着小皮箱，独自踏上马车出发了。摇晃的马车里，孤身一人的她，从此奔向了新的人生旅程。

五十英里的路程，不算太远，但由此永远地拉开了简·爱与盖茨黑德府的舅妈，还有舅妈的三个子女之间长久的距离。

上帝为简·爱关上了亲情的窗，但同时也为她打开了一扇有着独立人格和健康成长的门。

虽然，初到孤儿院时，来自盖茨黑德府的不幸余波继续冲击着她。留存于简·爱舅妈脑海里根深蒂固的厌恶情绪，令孤儿院校长布罗克赫斯特先生当着全校师生的面将她那些曾经“莫须有”的罪，再一次在人前一一数落。她再次被描绘成上帝羊群中的异己、忘恩负义的说谎者，一个工于心计、不知感恩的讨厌孩子。

如此公之于众地被人揭露疮疤，在新的环境里刚刚树立起的一点信心，就这样被校长布罗克赫斯特再次打回了原形。落寞中，简·爱似乎感到了刚刚远离的凌辱、冷眼，又会卷土重来。

不过，幸运的是，在博大的布罗克赫斯特先生的“眷顾”下，流落于此的孩子们，都是和简·爱一样，不是被亲情遗忘的多余生命，就是失去亲情庇护的可怜儿。

在这里，同命相怜的她们，彼此平等，且彼此依靠。

与奢华的盖茨黑德府相比，这里虽然没有充足的食物，也没有华丽的衣服，但小小的她们不必受他人的白眼和欺侮。曾经一度缺失的亲情、母爱，还有必要的教育，也一并在这里得到了补偿。

有着如诗人和哲学家情怀的小伙伴海伦·彭斯，“语言美如诗句，心灵静似甘泉”。一如喷射的火山口旁悄然流淌的清泉，于悄无声息中，浇灭了久久存积于简·爱心中仇恨的种子和冲动的锋芒。

海伦·彭斯不仅化解了简在长久以来因为歧视和责骂所致的愤懑，更教会了她在无法避免的困境中如何坦然地接受现实，如何在凌厉的风雨中，做到坚强挺拔。还有，母亲一般的坦普尔小姐，在全校师生面前不但为简·爱洗清了她的“罪名”，而且因了她的悉心教导与呵护，简·爱的各科成绩始终名列前茅。入校不久，她便被升到了高班，不到两个月，还被允许学习法文和绘画。

她始终名列全班第一，同时还被授予了教师职务。罗沃德八年的校内围墙生活，她先后作了六年学生，当了二年教师。

此后，不满足于封闭的、简单的生活的简·爱，向《先驱报》寄出了求职的广告。

随后，经过校方对其品格和能力调查等一系列手续之后，企望自食其力的她，谋得了一份为一个十岁的孩子作家庭教师的工作，年薪三十英镑。

4. 始遇风雨且苍苍

一若枯竭的沙漠之洲，突然出现的一缕清泉。简•爱的出现，使桑菲尔德庄园立时变得热闹了。

虽然与上流社会里那些美丽、华贵的女子相比较，简•爱相貌平庸，身材瘦小，卑微的她，且无任何背景。但是简•爱却有着上流社会里虚伪的女子身上所没有的纯净，她朴素、勤奋。

加之，孤儿院里严格的清规教律，已使简•爱锻造得知书达礼。缝纫、刺绣、读书、绘画、弹琴……这些平常人家的女孩子所具备的修养，她样样皆会。

这样的她，在罗切斯特的眼里，如一株久经风雨才见到阳光的花，在淡淡的悠远芬芳中，慢慢释放着自己的美丽。

这样一个可人的女子，惊喜之中的罗切斯特既害怕得到，又唯恐失去。为了小心呵护这个上天赐予他的天使般的礼物，罗切斯特从此不再随便外出，而且在生活里，他还变得有些处心积虑。

每天傍晚，他固定与简•爱谈话，其内容无外乎人生、理想、追求等无关所以的闲事。

有时，他们经常还会为一种思想辩论不休。他先是装扮成吉卜赛女巫，不断地向简•爱倾吐着自己的心声，以试探她的所思所想。并不露声色地验证了与自己地位年龄相仿的英格拉姆小姐种种示好的爱情分量。在英格拉姆小姐的面前，他假意求婚，来试探简•爱的反应。同时，也期以此来激发存在于简•爱心中正在萌动的情愫。

起初，对于罗切斯特这种火山喷发一般的感情，简•爱并不知晓。只是她知道，自她来到桑菲尔德庄园起，她所见到的这里最初的周遭冷清，逐渐变得热闹了。舞会、家宴等，几乎每个周末都会上演。而这样的每个活动里，作为打工者的简·爱，也在罗切斯特的邀请者之列。

上流社会的歌舞欢场，笙歌弥漫，炫耀无比。在这其中，将自己隐藏于热闹的角落，不动声色地参与其中的简·爱，依旧遭受着盖茨黑德府一样的冷眼。但在富有面前，小小的她依旧用曾在盖茨黑德府一样为平等而抗争的坚毅，对这种傲慢的冷漠予以回击。尤其是在英格拉姆小姐的面前，她毫无惧色，且昂首挺胸。

宴会上，来客与简·爱的一切所为，均被罗切斯特看在了眼里。

故而，庄园的楼梯上，简·爱会不经意地与罗切斯特相遇。简·爱不经意的抬眼之间，所看到的是一张满是深沉的脸上，写满了源于自己的浅浅微笑。夜晚，简·爱独自一人在月光弥漫的花园里散步，看似巧合的罗切斯特也会出现在她的身边。桑菲尔德庄园外，布满毛榉的小路上，有他们漫步的足迹。还有，借着每晚饭后的谈话机会，罗切斯特也会不动声色地考问着她的人生观念。

又一次庄园的舞会上，罗切斯特向来客们宣布了他想要结婚的打算。此时，英格拉姆小姐，是人们眼中公认与罗切斯特天生的一对。所以，听到了这样的消息，又看到罗切斯特与这位傲慢的英格拉姆小姐分外亲密时，一股酸酸的味道，便从简·爱心底油然而生。这样的聚会，如此当众地宣布自己的人生规划，看似无心，其实是罗切斯特的有心试探。

起初，对于罗切斯特的种种示爱，简·爱毫不知情。单纯的她，只是在与罗切斯特越来越长的相处时间里，被罗切斯特的博学与成熟所吸引着。加之，简·爱长久以来就是处于孤立的境地，以及自打她的出生便是父爱与母爱的严重缺席，更令了无依靠的她对罗切斯特产生了深深的依恋。

恋爱如此美好，同样也会使人五味陈杂。当得知了罗切斯特将要结婚的消息，而且结婚的对象就是那个美丽的英格拉姆小姐时，一股从未有过的落寞感便在简·爱的心底油然而生。同时，随之而来的酸楚与乏味，也一并充斥了简·爱的整个世界。

确实，爱情是不以高低贵贱和贫富美丑来衡量的。金钱买不来爱情，媚态代替不了爱情，美貌保持不了爱情，没有心心相映的互通不能称作爱情，富贵和贵贱更阻挡不了爱情。

其实，为情所伤的简·爱怎知，许久以前，一次她与罗切斯特不经意的谈话，她的那句发自肺腑的精彩表白：

“你以为我穷。不漂亮，就没有感情吗？如果上帝赐给我美貌和财富，我也会让你难于离开我的！就像我现在难于离开你一样！”

就已使在爱情的荒漠里找寻归宿的罗切斯特，找到了他一直在苦苦寻觅的真爱。

一个人的心有了牵挂，便会整个地投入。注重道德上的完善，坚持着个人的独立的人生哲学的简·爱，其实也深深吸引了沧桑的罗切斯特。她的这种不为世俗所污染的清纯，还有她的专一、执着、不随便因他人的思想而左右的处世方式，令目睹了世间冷暖的罗切斯特还有些肃然起敬。

5. 拨弄迷雾熏风泪

当简·爱回到盖茨黑德府，去照顾病中的舅妈和料理舅妈的丧事时，两人的关系，便在离别中进一步明朗了。

因为无心，所以真情才会在不经意间流露。远在盖茨黑德府的简·爱，在照顾舅妈的闲余，便拿起了笔，在纸上无心地勾勒出和桑菲尔德府相关的一切。同样，也是因了他们之间那份绵长的情愫，原本在感情上自甘堕落的罗切斯特也开始变得柔情蜜意。

相处的时光里，他们仿佛知己，又是有着共同理想和境界的战友。在他的眼中，她是他的小精灵，绿野仙踪里的小天使。他称她为小简、小羊、淘气鬼、小朋友、令人恼火的小木偶、小妖精、小傻瓜……

这种不含丝毫杂质的爱情，纯真、唯美。如此这般的相爱相处，尔后再一同走入婚姻的殿堂，便成了自然了。

一切的发展皆在意料之中。并且，不久的时日，他们的爱情仿佛便可以开花结果。可是，被罗切斯特妥善隐藏的秘密，却影子一般一直萦绕着简爱。在睡梦中，简·爱常常会被奇怪的笑声惊醒。偌大的庄园里，也会无端地出现大火，而这火又会迅速被人扑灭。连痕迹也会被收拾干净。还有，罗切斯特身上被怪物咬伤的印迹，也令简·爱疑虑重重。

这个鬼魅影子，其实就是罗切斯特疯了的妻子，她就住在桑菲尔德庄园里。只是，这个众人皆知的秘密，一直被大家隐瞒着，唯有

简·爱一无所知。

就在简·爱与罗切斯特结婚的前夜，罗切斯特疯了的妻子再次出现了。因为家佣年迈，罗切斯特身材高大且力大无比的妻子，挣脱了绑在自己身上的锁链，径直奔向了简·爱的房间。疯癫的她，不但再一次将罗切斯特撕咬得遍身鳞伤，而且在惊恐中，撕毁了为简·爱而准备的美丽婚纱。

随后的第二天，在简·爱与罗切斯特将要举办婚礼的教堂里，匆匆赶来的罗切斯特的妻弟梅森，还当着简·爱与众人的面，揭穿了罗切斯特已经结过婚，并且他的妻子还活着的真相。

事实面前，面对已有妻室的罗切斯特，震惊的简·爱成了另一个女人的婚姻城堡里不良的闯入者，是破坏他人幸福的直接推手，更是道德的审判台上遭人指责的第三者。

彼时，停止了音乐、没有了欢笑，本就空阔的教堂里，简·爱的心中好似揉进了一粒砂。虽然，这粒砂的体积不大，但此时无比冷静的简·爱，心中却是蚌痛成珠一般的煎熬。

沦陷于情妇的角色，不是简·爱的作派。夺人所爱，更不是简·爱的初衷。凭借双手换得每日的生活所需，日子虽然清苦，但这种不懈的追求中，她得到的应该是建立在平等基础上的彼此尊重。

真相面前，简·爱干脆地选择了退出。任凭对方是如何苦苦挽留和失声痛哭，简·爱终以先前在盖茨黑德府为平等而抗争一样，选择了断然离开。

“一个人无论退到何处，都不如退回到自己的心灵，更为被自己的灵魂所接受。”可被突如其来的伤痛击中，简·爱恍惚且仓皇。

从桑菲尔德庄园黯然离开，除了那身他们曾在林间相遇时所用过的披肩，简·爱更没有带走一分一毫。她拒绝了罗切斯特先生给她购置的华丽衣服、精美首饰，以及一切高档物品。近似逃离的离开中，简•爱原来从盖次黑德府带到罗沃德孤儿院，又从罗沃德孤儿院提到桑菲尔德庄园的小皮箱，也被她遗忘在了蓦然远行的马车上。

重新找寻属于自己生活的路途中，简•爱用仅有的二十英镑，换得了一张没有目的地的车票。马车的终点站，距桑菲尔德庄园遥远而又陌生。

空旷、陌生的境遇里，宛若一颗淡淡的流星，从天边即将一闪即逝。

身无分文，仅剩一块旧的披肩和一双旧手套的她，再一次成了上帝遗忘在人世间的苦难孩子。维持生命的一切需求，裹挟着较之凌辱、冷眼更加严酷的侵略，一阵一阵在向她肆虐。眩晕和乏力，在一点一点掠夺她的生命。饥饿使得羞愧难当的她，不得不向人伸出了乞讨的双手。可她的面前，一扇扇接连关闭的门，一律冷眼地拒绝了她。但是，宁可誓死保持那份贞洁的她，依旧以天作被，用地当床，绝不回头。

6. 梨花质洁守情怀

她的如此坚毅，就连博大的上帝也有些为之不忍了。面对倔强的简·爱，上帝只得将一份血浓于水的骨肉亲情摆在了她的面前。

虽然，这份亲情有些姗姗来迟。但是，这份侥幸留存的亲情血脉，却是冲破了时空的变换和距离的长短之后，骑着奔腾的骏马，用着与时间赛跑一般的速度赶到生命即将走向终结的简·爱面前的。

黑暗的夜色里，密林掩盖的沼泽居，简陋而微弱的一缕光在向她招手。一如还是简·爱襁褓之中的父母亲，在冥冥之中为她掌起的灯，指引着饥寒交迫的她，步履蹒跚地奔向了三位血液源自同一个源泉，并暂时来此居住的至亲。

原来，可怜的简·爱不是亲人全无。她还有缘于父亲血脉的兄妹。是外出传教后在夜晚返家的表兄圣约翰为她打开的回家大门。表姐玛丽、黛安娜收留了她奄奄一息的生命。同时，还为她洗去了来时的路途上，留下的污垢和疲惫。在往后的日子里，他们精心地照顾着苍白的简·爱，直至她身体康复。

因了相同的气息和有着共同血源的缘故，她与她的至亲们，尤其是表姐玛丽、黛安娜观点一致、意气相投。博学的两位表姐教会了她德语，还帮她补足了平日里那些在她看来，仅仅是触及皮毛的知识。随后，在既是表兄，又是救命恩人的圣·约翰的帮助下，凭借着罗沃德孤儿院的知识积淀，简·爱又在一所为贫困人家的孩子所办的学校任教了。

此刻，上帝不但交还了原本属于简·爱的一切，同时，叔父去世时，留给她的两万英镑的遗产也物归原主。她不再是一无所有了。甚至，这笔财富的价值，足可同富有二字划上等号。

与此同时，作为狂热的天主教徒的表兄，也在此时数次向她求婚。

但表兄向简·爱执着地追求的，不是金钱、不是爱情，只是因为他迫切地需要一位去印度传教时一同度过苦役一般的生活的合适伙伴。

爱情的种子，靠的是两颗互有灵犀的心来耕种，才能开出美丽的花，结出甜蜜的果实。

传教士，多么神圣和高尚的职业！但也与先前罗切斯特先生试探英格拉姆小姐时所持有的金钱和地位高于一切的拜金观念相仿。对于简·爱来说，这些于她都遥远无及，她的内心高贵、真实。在这个物欲横流的社会，有多少人不择手段，不顾一切地视金钱为神圣的"万能之主"。为了它，有多少有情人，成为背负金钱的奴隶怨偶；有多少人无视道德、无视尊严，并抛却了最基本的仁、义、礼、义；还有多少人无视社会公德、践踏市场准则，甚至不惜以戕害他人生命为代价，只为追逐浮云一般的心理虚荣。

似乎拜金主义、享乐主义正越来越大胆地牵动人们的心绪。但精神支柱和价值观被金钱所取代的社会，必然会走向一个物欲横流、人情冷漠、尔虞我诈、人人自危，而且是道德沦丧、信仰缺失的末路之途。

与之相反的，为了爱情和尊严抛弃了所有的简·爱，在表哥忠实于自己信仰的求爱面前，她的态度依然素淡。原本，她就是以抗拒一切的方式，在抵御他人所谓情爱的索取。

简·爱出逃的日子里，上苍同样没有放过对罗切斯特的欺骗给予强烈的惩罚。由于家佣的疏忽，罗切斯特疯了的妻子在房间里点燃了大火。蔓延的火蛇，很快使整个桑菲尔德庄园成为一片火海。大火解脱了罗切斯特妻子疯狂的灵魂，释放了她在人世间困顿而又混乱的生命。但是大火中，罗切斯特不仅失去了双眼和一只胳膊，还令曾经奢华富贵的桑菲尔德庄园化为灰烬，从此，罗切斯特一无所有。

在富贵中承受凌辱，远不及彼此平淡相守的甘甜。虽然，大火摧毁了罗切斯特的英俊形象，但对简·爱而言，此时的罗切斯特却是完整的了。

因为烈火里重生的他，不再是背负罪孽的重婚者。第三者、情人，这些玷污爱情的字眼，也统统与他们无干。她不再是与他人分享面包的乞怜者，更不是杯子里可以随意泼去的水。他们是完全属于对方的、真实的、自由的灵魂。

分别的日子里，他们的心是如此心有灵犀。虽然远隔千里，但在夜色里，为情所伤的简·爱依旧听到了来自远方的声声呼唤。

数月之后，没有任何人来劝说，亦无任何助力，似有一双无形的手在推着她前行，简·爱从千里之外回到了罗切斯特的身边。

来到罗切斯特的身边，仅仅是自己无声的气息与轻轻的脚步声，双目失明的罗切斯特，便立刻分辨出了身边的人正是他日思夜想的简·爱。

而此时的他们，角色似乎发生了戏剧性的转变。简·爱因为继承了族人的巨额财富，现在的她已不再是一无所有。而曾经富有的罗切斯特，却因那场可怕的大火，已是身体残疾、钱财尽散。

这是经历时空、距离与生命的重重检验后，方才炼出的爱情真金。其实，财富在简·爱的眼里，又能算得了什么呢？没

有钱的日子，简·爱不是照旧活了下来么？况且，金钱，眼前的他亦有过。唯一所没有的，却是他们一直向往的家的温暖。

后来的日子里，心灵共鸣的他们，没有计较身份地位，没有计较外貌年龄，没有计较尊卑得失，更没有计较外界的各种干扰和困难，历经世间沧桑而终于走到了一起。

他们，一若童话故事里的王子和公主，晶莹剔透，美丽无比，成为永恒。

贰　迷途往返，原为舍不掉的桃花劫

Chapter Two. Anna Karenina

姓名：安娜·卡列宁娜（俄国）

出处：《安娜·卡列宁娜》——列夫·托尔斯泰

身份：将妻子、情人与母亲身份一起捆绑的官家太太

人生格言：上帝把我造成这样一个人，我需要恋爱，我需要生活

欢情散，梦断花前泣珠返。愁怀残雪翦。任儿呼母浅。长叹！快别念，寸寸襟怀难堪，恁人生苦短。

——望江怨·彭娇妍

进退两难的痛苦，令无助的安娜，在呼啸而至的火车声前久久停滞。

天，是如此的冷。肆虐的风雪，还裹挟着上天对人间一切的虐杀态势，冻结了所有的思想。

寒风劲舞中，那一片片轻盈的雪花被忽而卷起，又忽而缓慢飘落。那无助的样子，似乎也在纷繁的人群中找寻被掠走的美丽。

天妒红颜，不过如此。最终，安娜还是狠了狠心，朝前走了去。随即，接踵而至的便是脚步乱作一团的忙碌、喧嚣。

花，在寒风中艰难开放，进而又迅速凋谢。这样的过程，便是生命的高潮与结尾。一如混沌时的安娜，以及与渥伦斯基的相识以后……

1. 迷人反在迷里误

曾经的安娜，家境富裕，儿子聪明懂事，还有丈夫功成名就。这样的日子里，年轻的她，过着的是不愁吃穿、无忧无虑的少奶奶生活。

作为 “柳里克皇室的后裔”，安娜的骨子里似乎有与生俱来的地位和尊严。这种由贵族血统所带来的种种特权和优越感，再加上她流露于表象的美貌和浪漫气质，使得安娜的身上有着有别于常人的超凡俗脱。

因着安娜官家太太的身份，以及天生的美丽容颜，似妙龄少女的她，在上流社会的多个社交圈如鱼得水。伯爵夫人、贵族太太们视她为亲密的姐妹。丈夫卡列宁手下的年轻人，也视美丽的安娜为自己的偶像，对她热情崇拜恨不得向她偷偷求爱。在安娜嫂子的妹妹吉蒂的眼里，年轻的安娜根本不像什么社交界里的贵妇人，更不像是一个已经有了八岁孩子的母亲。就连渥伦斯基的母亲，最初见到安娜时，也对安娜那张可人的脸蛋，喜爱无比。除此，处处讨喜的安娜还有一个疼爱她的丈夫，一位大权在握，并且大安娜近二十岁的彼得堡最重要的官员内阁部长。

与卡列宁的结合，原是双方家长的刻意安排。并且不论是远古，还是当代，先结婚后恋爱的婚姻，在生活中不乏其例。因为，在世人的眼里，这种以家庭为中心的情感磨合，亦会使基础更为牢固。

这样的老夫少妻，安娜自是被丈夫孩子一般地宠爱着。生活巨细，均不用安娜操心；各类应酬，打扮一新的安娜只用出席就是；亲友家出现了矛盾，肯定是由身为部长夫人的安娜来调解。并且，每次出门与回家，身为丈夫的卡列宁还要亲自送行与接站。

有了疼爱自己的丈夫，聪明伶俐的孩子，还有一个和谐美满的家庭，这样的生活对于女人来说，可谓功德圆满了。

但可悲的是，以事业为重，将家仅仅看做休息之地的卡列宁忘记了，家也和花儿一样，需两个人的用心浇灌，才会谱出和谐的曲调。

卡列宁的仕途一帆风顺。是因为叔叔的庇护，他仅用了八年时间便晋升至内阁部长，从而成为了彼得堡最重要的官员之一。如此功成名就，卡列宁似乎并未满足，他依旧沉溺于官场，除了处理日常工作中的一切繁琐事务，便是思考着如何打败自己的政敌，巩固自己的官场地位。

所以，不论是办公场所，还是在自己的家里，身为政府高官的卡列宁，总是官腔十足。平常与安娜的谈话，也是领导向女秘书训话一般居高临下。生活里，安娜与丈夫除了必要的吃穿住行的言语，其余关于人生、理想、喜好等的沟通寥寥无几。就连卡列宁在火车站接安娜回家时，面对着一位位妻子的追随者，卡列宁也是以一种居高临下的“自信”，对来者毫不设防。

与英俊潇洒的渥伦斯基相比，长期混迹于官场之中，长久地与政客们费尽心思地尔虞我诈，以及繁重的公务和交际应酬的压力，使得卡列宁脸上的沧桑痕迹要比常人来得更加严重。加之不再年轻的他，还生着一对难看的招风耳。这样的卡列宁，在安娜的眼里，真是毫无魅力可言的。

2. 久泡香铭魂亦苦

美丽原本无罪，但美丽一旦变为某种不堪承受的负担之后，便成了毁灭一切的醉人毒药。不但会使一个人的精神崩溃、婚姻灭亡，且令这个人的亲情坠入万劫不复的深渊。

出生时，便藏于深闺。长大以后，又按既定的人生轨迹嫁作人妇。从学校直接走入家庭，与异性的交往，安娜可谓少之又少。原本，知足的安娜其实是甘于过着这种平淡到老的生活的。

想当初，成为他人妻子的安娜，身为孩子的母亲，她甘愿相夫教子。对于丈夫的官腔作派，安娜亦听之任之。镇日，因了丈夫政治追求的需要，安娜流连于不同的社交场所。其内容无外乎舞会、酒宴，与一众官家太太们说着无聊的话语。何为爱情，何为亲情？彼时，安娜情感的田地里，其实是一片荒芜。

可是，在哥哥斯捷潘·阿尔卡季伊季的家庭舞会上，在火

车上曾与安娜擦肩而过的渥伦斯基，偏偏也在这里出现了。那时，年轻的安娜由内而外散发出被压抑的生命气息，以及幽静娴雅的淑女气质，令惯于玩弄美色的渥伦斯基心动不已。

舞会上，一身黑色天鹅绒连衣长裙的安娜，有着乌云似的秀发，象牙雕刻一般的胸部，脖子上还有一条恰到好处的珍珠项链作点缀。再加上璀璨灯光的掩映，美丽的她宛若一颗耀眼明星。

原本，行事和蔼、长相英俊，并且颇富内涵的渥伦斯基，就是许多贵族小姐仰慕的对象。加之他那英气逼人的军人风度，更令久久地困顿于闺阁和单调家庭生活中的安娜心动不已。那时，安娜依然年轻，激情与活力在她的身上分毫未减。因了音乐与舞步的催化，安娜的心中有了些池水荡漾的感觉。

因着渥伦斯基的频频邀约，无比投入的安娜与他或滑步，或脚跟碰击，或单腿跪在对方面前，或双双地旋转，不断变换着舞步……激情四射的歌舞声里，男才女貌的他们，宛若百花丛中，一对翩翩起舞的彩蝶，立刻成了整场舞会的焦点。

他们就这样旁若无人地跳着。尽管他们如此异常的行为，令在场的人窃窃私语，但欢快的舞曲强烈地唤醒了安娜沉睡已久的灵感。一种久违的年轻的感觉，早已令安娜陶醉其中！

随后，流言一如春雨之后萌动的种子，在上层社会的贵族之间开始四处传播。此时，对于自己的暂时放纵，有着深深罪恶感的安娜，开始感到了一些不安。于是，她给丈夫打电报，提前返家了。

如果此时，卡列宁对安娜的如此出格，还将其视作安娜的粉丝在追求一样，淡而化之地置之不理，事情或许就这样过去了。而且，安娜与渥伦斯基的萍水相逢，只是舞会上因着音乐而起的无心悸动。繁华过后，激情便会随着生活的慢慢雕蚀，会一点一点淡化的。

岂知，回到家中，醋意顿生的卡列宁，不仅对关于安娜的流言郑重其事，而且还用他那惯用的官腔，仔细盘问当时舞会上的情形，同时还狠狠警告安娜要遵守社交礼仪、遵守妇道。

还有，安娜这方即使迷途知返，渥伦斯基那边却因得知了她已返家，开始了穷追不舍。安娜返家后，渥伦斯基以同样急切的速度赶往了火车站。甚至一直追到了卡列宁的府上，去拜访安娜……

本来不安难当，却加上丈夫的责怪，如此，心生愧疚的安娜更加无法回避了。她的心灵深处，一颗情爱的种子便开始了悄悄发芽。安娜开始将目光转向了渥伦斯基的有关种种。

赛马会上，安娜手持望远镜，目不转睛地注视渥伦斯基；比赛中，安娜为跑道上的渥伦斯基超越了他人而欢欣；最后，当渥伦斯基的马摔倒的那一刻，安娜的那颗早已随着他而飞越的心，也如遭受重创一般失声痛哭起来。

安娜已然不是先前的安娜了。她公然向丈夫承认了自己与渥伦斯基的情人关系，尽管上流社会的太太小姐们，对她的出轨一脸诧异，安娜却置若罔闻。

3. 向晚不知情与罪

原本，妻子如此的出轨，作为丈夫的卡列宁理应及时制止。可是出人意料的，为了维护自己的体面和仕途，对于妻子与其他男人的公然交往，卡列宁依旧视而不见。

妻子的彻夜不归，愤懑的卡列宁除了暗自哀怨，其余便是无动于衷地束手无策。卡列宁也曾想过要和渥伦斯基决斗。但懦弱的他又害怕对方过于强大，会决斗致死。还有，一旦离婚，势必也会影响到他自己好不容易换来的光明仕途。在离婚又损害名誉，且影响仕途的左右权衡中，卡列宁作出了这样的决定："不能因为一个下贱的女人犯了罪的缘故使自己不幸。"

于是，为了维护体面，保住这来之不易的位置，卡列宁只要求安娜与自己维持表面的夫妻关系。而对于与渥伦斯基的交往是，安娜不许将其带回家中即可。

这是一个什么样的逻辑。而安娜所生活过的十九世纪六十至七十年代，是一个什么样的时代呵！

细数过往，当时的俄国，是农奴制改革后不久，一个旧的生活习俗、规则制度仍有残余，新的生活方式、新的行为准则尚不健全的时代。"一切都翻了个身，一切都刚刚开始安排"，封建农奴制向资本主义过渡的历史大变革时代。在这个历史和社会制度的大变革时期，向往美好爱情生活的安娜的心路历程与情感轨迹，也是随着时代的变化在悄悄地变化着。

当时的俄国，经济发展停滞不前，新贵族与旧贵族交汇之后，所催生的畸形儿是无尽的冷酷自私和假仁假义。同时，这个畸形儿，也给官僚、伪君子、贵族之间的相互勾引、通奸打开了一扇方便之门。

在一息尚存的礼义廉耻的面纱之下，追求婚外情成了当时社会的时尚。但婚外情的双方却往往以掩人耳目的方式，维护着原有的婚姻和家庭，表达对社会伦理规范的畏惧和尊重，这种尊重尽管虚伪，却充满了大家彼此默认的自觉。但是，在敢于承认一切的安娜心中，妇女不是玩弄的对象，不是男性生活的点缀。她是有感情、有渴望、有人格、有尊严的活生生的人。

“我需要爱情，我要生活”。一若平静的湖水里被突然投下了一枚石子，游戏的潜规则被安娜打破了。安娜就这样冲破了婚姻和家庭的樊笼，将自己的所思所想毫不隐讳地展示在世人面前。她的独立人格和情感自由，更给了现存道德规范的挑战和反叛最大的冲击。这反其道而行之的作派，无疑否定了上流社会其他人的所谓的尊重，所以必会遭到人们的一致攻击和指责。

八年的婚姻，不长也不算太短。八年里，身为丈夫的卡列宁，似乎终日在为仕途而劳累。于是，许久以来的遗忘和卡列宁的不善经营，“家”便因彼此之间沟通的极度欠缺，而一点一点荒芜了。

相对于安娜，曾经的荒野，一旦有了能够拨动心底情弦的筝手，这根本是青春昂然的情弦，便会迅速地向四周蔓延开了。

迫切地希望自己的感情有所结果的安娜，是如此奋不顾身。义无反顾的她，将自己与丈夫卡列宁所生的儿子谢廖沙，弃之一旁。她毅然决然地走出了卡列宁那虚伪的宅邸，投入了他人的怀抱。

4. 落拓无疆西风起

夫妻之爱，使人类繁衍；朋友之爱，使人生完美；但是突破了正常轨道之外的爱情，却是引人走向坠落深渊的迷雾与歧途。

安娜说："上帝把我造成这样一个人，我需要恋爱，我需要生活。"这种力量使她不顾一切地向着自己的爱情奋斗着。虽然在流言蜚语中沦陷，陷入了对未来无限迷茫的漩涡，安娜始终在保持着自己的尊严，迫使处于深渊边缘的自己不致滑落。

自从怀上了渥伦斯基的孩子以后，安娜也曾试图在丈夫面前悔过。还有，安娜临产前痛不欲生，产后又患上了"产褥热症"，不计前嫌的卡列宁日夜守在安娜的身旁，衣不解带地为她端茶送水、看病给药。丈夫的大度、沉着，还有丈夫如此的体贴，让安娜有些回心转意了。她向丈夫保证，从此断绝与渥伦斯基的来往。

可是，与安娜分手，渥伦斯基又怎会如此善罢甘休。安娜离开的日子，落魄的渥伦斯基得知了孩子出生的消息，又知道安娜因为产后的并发症状，已是病态恹恹。望着痛苦的恋人，身在一旁的渥伦斯基却是爱莫能助。在与安娜同样的痛苦中，渥伦斯基索性将手中的枪对准了自己。

原本，生活已经重新走上了正轨的安娜，被渥伦斯基貌似无意的一枪，重新打回到孽债的本原。彼时的安娜，同样与渥伦斯基有了舍不掉的血肉联系。安娜的怀中，那个嗷嗷待哺的女儿，同样需要一个名正言顺的父亲，一个完整的且是真正意义上的家。

在随后的日子里，安娜再一次带着女儿逃离了卡列宁的家。渥伦斯基同样富有，安娜亦可锦衣玉食。与丈夫卡列宁因权利和欲望带来的虚伪和故作姿态孑然不同的是，渥伦斯基体贴、温柔，不论是生活还是处事，渥伦斯基皆是以平常人的态度与安娜平等相待。“有情人终成眷属”，这样的生活，对于安娜和渥伦斯基来说，完美且虚幻。

这种背负婚姻枷锁的结合，只能为人们所不耻。游离于婚姻之外的背叛，必然不被社会所允许。

后来的日子里，安娜不能再像先前一样，正常地出现在上流社会的公众场合。因而，她只能独自一人待在“家”中，照顾这个对她来说毫无感情的女儿安妮。虽然偶然有朵丽的来访，为她排解苦闷。但是，这种若有若无的安慰，无疑是在骄阳的炙烤后，干涸的田地里偶然滴入的一滴甘露，在瞬间就消失得没有了踪迹。

家庭可以舍弃，婚姻可以解体，但与儿子的血肉亲情，却是如何也割舍不断的。母爱作用的使然，安娜依然会时常想起自己的儿子，并且随着时间的推移，这种想念变得越来越强烈。孤单的煎熬之中，安娜终于在儿子生日的那一天，忍不住对儿子的思念，带着先前精心挑选的玩具，独自一人回到了俄国。

退回原来的位置，可 “家”已经不再是原来的那个家了。因了自己的移情别恋，此时的丈夫卡列宁，也堂而皇之地开始与一位名叫莉吉娅的夫人交往。现在，“家”中的一切巨细，也一并由莉吉娅夫人掌管。

安娜只得用三卢布买通了“家”里的看门人，贼一样地偷偷进到儿子的屋内。再次走进儿子的房间，一切都是那么熟悉。儿子的小床上，还在熟睡的谢廖沙圆圆的小脸是如此可爱。只是他闭上的眼角，却有两行淡淡的泪痕。那是睡梦中，因为思念母亲而流下的泪……

“母亲，您去哪里了，我好想你。”怀中的儿子一边用小小的臂膀抱紧了母亲，一边这样问。一时，心酸的安娜却不知如何作答。

睡眼蒙眬中，眼前的母亲不知是梦，还是真的存在。只是小小的谢廖沙感到，这样的温暖，仿佛还在母亲体内一般亲切。

可安娜不能在此久留，她的身后，闻之归来的卡列宁已经开始从自己的房间，在往他们儿子房间的方向赶。

“我将如何面对身后的这个人？原本，他的一切都令我厌恶无比。”听到那个异常熟悉的脚步声，红着脸的安娜只得吻了吻儿子，要与儿子告别了。

儿子谢廖沙抱紧了母亲，并失声痛哭地请求母亲留下。此时，

安娜亦有不舍。她不舍儿子，更不舍这个熟悉的家。可沉重的脚步声越来越清晰，远方且还有那温馨的港湾需要前去斯守。

脚步声在哭声中顿止，安娜的心倏地跳了一下。进而，安娜不得不狠下了心，挣脱了儿子的小手，调转步子快速离开……

5. 迷津一入暗长天

何者为最终归宿，令安娜矛盾无比。

孩子面前，虚幻的爱情终敌不过伟大的母爱。可孩子，终是那情爱的花，是在激情释放过后结出的果。前夫的孩子，情人渥沦斯基的孩子。一个如手心，一个似手背，不论舍去其中的任何一个，都会令安娜痛不欲生。

从娴雅的官家太太沦为不耻的情人，仅仅只是观念的一瞬。尽管当时的人们已对于情人、第三者这些泛滥的词语已习已为常，可在人们的潜意识里，三妻四妾向来只是男人的专利。稍有违背，责罚的就是专利之外的女人。于是，在这种千百年来的定律中，反其道而行之的安娜，如此公然地与情人同居、生育儿女，人们便对这个叛逆的女人不能容忍了。

于是，当安娜在剧院公然露面时，整个上流社会哗然了。上流社会的那些权贵们唯恐自己身上的丑恶伤疤，叫安娜揭了去，纷纷对安娜躲闪不及。

砂砾一般的流言，方向一致地投向了安娜。卡尔塔索夫夫人当着众人的面羞辱安娜是抛夫弃子的败类；安娜先前的好友一致骂安娜不贞不洁、违反常规，且不成体统；熟人则视安娜为真正的荡妇。满是鄙视眼神的人群之中，安娜被视为异己、有罪的女人、堕落的情妇。她被上流社会拒在了门外，安娜再也不能回到生活的原点了。

因为离婚不成，与渥伦斯基相处的日子，安娜便处处遭受冷遇。加之在男权主宰的社会，丈夫是女人唯一的合法经济来源，女人的经济、人格、所处的社会是依附于男人的。为此，失去了任何经济来源的安娜，只能孤独地暂住在渥伦斯基的庄园里。

于渥伦斯基而言，这种伴随着痛苦和罪恶的爱情，刺激且富于考验。而且，与安娜交往，渥伦斯基亦只是慕着安娜的美丽外表。最初的时日，漫天的流言蜚语中，渥伦斯基与安娜立场一致，且愿意为这场爱情牺牲一切。可是，这种不合礼法的婚姻，影响到了渥伦斯基的前程，他那无量的军人生涯由此被中断，只得转行于医疗、养殖等收入相对丰厚的产业，这时渥伦斯基的内心便悄悄地发生变化了。

“女人是男子前程上的一个大障碍”、“爱上了一个女人，再要做什么事情就很难”、“可怜巴巴的骑兵大尉”……这些语重心长的劝慰，如刀子一般开始在切割着渥伦斯基。且令沉醉在爱情迷雾中的渥伦斯基，感到了些许羞愧。虽然，渥伦斯基的母亲年轻时也曾让他是交际场上的“交际花”，但儿子如此的不忠不孝，让他母亲依旧难以接受。进而，对于这个影响儿子一身的女人，渥伦斯基的母亲也从对安娜当初的赞许，发展到了彻骨的仇恨。为了儿子的前程，她逼着渥伦斯基在财产委托书上签字，以此来令儿子冷落安娜；因生活放荡而丢掉性命的渥伦斯基的哥哥，也反对渥伦斯基与安娜的爱情；与此同时，渥伦斯基那曾经堕落于风尘的嫂子，同样也拒绝接受安娜。

人们的流言蜚语，冲淡了他们炽热的爱情。生活的磨砺，亦使原有的激情消散已尽。

但是为了孩子，为了能使他们女儿的身份合法化，渥伦斯基对安娜没有始乱终弃。而是带着安娜与女儿，双双从意大利回到了彼得堡。

6. 移情风月饮琼浆

妻子移情别恋后，家中已经有了新的女主人。情感的博弈中，患得患失的卡列宁，并没有损失什么。

对于男人而言，妻不过是一件可有可无的衣裳罢了。这件破旧了，再换一件便是。

可一直以来沉默着的卡列宁，却似乎在等待着什么。

尽管新女主人莉吉娅夫人将卡列宁府打理得井井有条，并且还将他与安娜的儿子谢廖沙照顾得视如己出。可神情憔悴的卡列宁，却一直视莉吉娅夫人的努力为可有可无。他坚决不肯在离婚书上签字，更没有流露出任何将莉吉娅夫人留在府上的打算。

煎熬之中，除却了卡列宁所谓要保全的身份地位，卡列宁似乎更加在意这个曾与安娜一道相守了八年的方寸居室。他更不愿意看到孤独的儿子那渴望与期望的眼神。他其实一直在等待安娜的回归。怪只怪，卡列宁将情感掩藏得如此密实，他不会讨女人开心，更不善于用浪漫的情调营造家庭氛围。

婚姻如此被动，卡列宁也

曾试图竭力挽回。因他不善与人沟通，所以极少有人在他婚姻出现危机的时候给他出主意。但他却坚守一个信条：只要不离婚，妻子还是原来的妻子，孩子便可以不失去母亲，家还是原来的那个家。

如果爱情来得越强烈，就越会使人失去自我，从而越容易使人变成他人的附属品。当安娜与渥伦斯基之间最后一丝残存的爱情消失之后，留下的便满是虚伪、谎话与寂寞了。

由于精神压力巨大，安娜难以入眠。于是，鸦片便成了她解除痛苦和寂寞的依靠。在有限的活动范围内，安娜只能在无尽的等待中，祈望繁忙的渥伦斯基能偶尔来与自己相伴。

她曾将大把的精力用在关注女子学堂的建设上，且在抚养英国女孩甘娜，并教她学习物理和科学知识，以此视作自己对儿子思念的寄托。寂寞的时分，安娜通过大量地阅读外国的报刊杂志，标有好评的书籍和流行著作来消磨时间。

整个世界只剩下了情人渥伦斯基的安娜，唯恐渥伦斯基有一天会离他而去。于是安娜便把所有注意力投向了渥伦斯基一人身上。为了迎合情人的喜好，凡是渥伦斯基所做的事，她均及时查找与之相关的书籍和杂志来专门了解。因此，在等待中失去了自我的安娜，还察言观色地在农业、建筑，甚至养马和体育运动等方面，主动与渥伦斯基交流。

相比之下，善于把一切的责任和错误归究于女人的男人却是自由的。安娜的如此境况，责任似乎与渥伦斯基一点也不相干。渥伦斯基依然可以不带任何责任枷锁地在从事着建医院、买机器、从瑞士订购奶牛等他所关心和喜爱的事业。他紧罗密鼓地准备着参加省首席贵族的选举；自由地在各种热闹的单身汉宴会上穿行；除此，借着所谓的要办理钱和文件的理由，渥伦斯基还频繁地往返于莫斯科近郊乡下母亲的住处。母亲的住里，还有一位名叫索罗金娜的公爵小姐……

不论是生活，还是婚姻，其实就是两个人的平淡相守。而这种平淡中，即是生活之中的你我，对彼此缺点、优点、喜好的互相接受。

而随着安娜与渥伦斯基激情温度的逐渐下降，他们先前的好感、为各自而沉醉的义无反顾，渐渐被无休止的争吵与怨恨所取代。不信任和不理解所造成的彼此猜忌，成倍地增加。为了一些无谓的琐事，他们争吵不断。无时不刻的烦躁，令渥伦斯基负气出走的次数呈几何倍数地增加。敏感、多疑，且绝望的安娜黯然垂泪。孤独和沉重的道德枷锁始终充斥着安娜的大脑。为了留住他们的爱情，孤独的安娜甚至还换上了鲜艳的服饰。

而这种密不透风的爱，还有见缝插针的迎合，在渥伦斯基的眼里，却成了一张密不透风的网，令他难以喘息。

因了在道德与婚姻之外徘徊的愁苦，安娜那曾经的美丽容颜，也在时光的雕饰中一点一点退去。由于担心渥伦斯基会移情别恋，如被大山一般沉沉压抑着的安娜，终日提心吊胆。

7. 血溅桃花纤云走

婚姻和爱情的保卫战中，丈夫卡列宁与亲生儿子谢廖沙，还有和为了希望再生育孩子，并能够与安娜名正言顺地生活的渥伦斯基，同时将爱的双手伸向了柔弱的安娜。

他们都需要妻子，他们的孩子都需要完整的母爱。这方坚决不离婚，那方却在誓死抗争。他们同时在安娜的身上祈望着，都希望这个已经结出了果实的爱情归入自己的仓库。

丈夫卡列宁和情人渥伦斯基，就好比拔河比赛中，处在绳索两端的运动员。为了取得自己最终的胜利，两端的运动员们均使出了浑身的力气，在努力地拔着。而处在绳子中间的安娜，就这样被亲情和爱情合力，在这纠结的拉扯中变得越来越细……

曾经，儿子谢廖沙是安娜生活的全部。她曾如此全身心地爱着儿子，而儿子离开母亲一刻都不行。但是母亲在社会上道德败坏的影响，却给了儿子终身的耻辱。还有，新出生的女儿安妮，本是安娜与情人媾和的产物。小小的她，自一出生，也会背负羞耻的指责。

亲情与爱情的重重矛盾，令安娜忽而对情人渥伦斯基表现出狂热的依恋；忽而又对自己将要再次出走的决心表现得坚强和果敢无比；而在爱情的迅速降温中，安娜会感觉自己屈辱卑下。精神的悬崖边缘，安娜一会儿对未来充满了生的欢乐，一会又幻想着死亡的恐怖和由报复带来的快感。

是去是留？是坚持还是放弃，在道德的夹缝中求生的安娜，茫然、无助，且又无法找到解决问题的出口。被亲情、爱情全力撕扯的安娜，仅剩了一口喘息的气力。

阴冷的天，似乎格外吝啬人世间美丽的红颜。尤其是在火车铁轨前，雪花随着寒风，被飞扬卷起，又缓慢飘落，似乎也在纷繁的人群中找寻并掠走向来嫉妒的美丽。

雪，是如此冰冷。洁白无瑕，又分外妖娆。它可以令狂躁的心顿时变得宁静，也可以让溢散于人生之外的轨迹在强大的作用下，回归到正常的渠道。

可怜的安娜，与曾经美丽的萧公主的境遇是如此相似。那凄凉的南北朝末期，美丽的萧公主在西梁孝明帝萧岿的宫中诞生时，原本，因为她出生于被人认为不吉利的二月，而被送给了别人家充作养女；后来又在风水先生的卦算下，这个本是“出生不吉利”的女婴，有着“母仪天下”的尊贵之命。所以她又被接回府上，成为了萧公主。

萧公主最初的婚姻，只是因了母亲的命令，要萧、杨两家通婚。年仅九岁的她，在婆家学习礼仪、书画和歌赋。冰雪飘零的冬日，年仅十三岁的萧公主便在身着崭新龙袍的文帝和独孤皇后的受拜，以及满朝文武大臣簇拥下，做了晋王杨广的晋王妃。随后，因为有着美丽的容貌，聪慧的萧公主又成为隋炀帝的皇后、宇文化的偏房、窦建德的宠妾、两代突厥番王的王妃。

数易其主，心无所依，这样的无奈与憔悴可想而知。可多难的萧公主，终究做到了善终。一世英明的唐太宗，顾不得年龄的悬殊，亦不在乎外界的品评，将已是徐娘之状的萧皇后册封为昭容，使这位饱经离乱的隋朝皇后，又成为大唐天子的“洛水神妃”。

萧公主与安娜同样有着美丽容颜，同样在不同的男人之间周旋。可不同的是，前者做到了善终，后者却是凄凉无比。卡列宁一直不予离婚，于是，私奔、私生子的名声永远与安娜和安娜的女儿相伴。丈夫卡列宁、情人渥伦斯基都想将安娜拉回自己的阵营。可对于任何一方，安娜都不愿意舍弃。

挣扎中，绳子一样的安娜被扯得越来越细、越来越薄。加之社会舆论的谴责、亲人朋友的唾骂，最终，在爱情、亲情、欲望、自由、虚伪、舆论的强合力作用下，绳子被拉断了。

原本，作为婚姻问题调解人的安娜，初衷是要调解别人出现危机的婚姻。岂知，在污浊的社会空气影响中，这位婚姻的调解者，也一并成了婚姻围城内外纠葛的不幸演绎者。

培根说：“妻子是青年时的情人，中年人的伙伴，老年时的看护。”或许，不论是以追逐功名为毕生追求的卡列宁，还是为情所困的安娜与渥伦斯基，以及甘愿在他人的光环下苟且偷安的莉吉娅夫人……似乎都在为这个甜美的梦想努力着。

可是，为情而生，定会载负太多；用情泛滥，必会遭受惩罚。生的希望与绝望交割，令出轨的安娜生不如死。骨肉亲情面前，难言又无望的她亦无以抉择。死，或许才是最好的解脱。或许只有如此的死，一切的一切才可以重新来过。

雪依旧在簌簌地落，极度寒冷。仿佛还在母体的时候一样，安娜闭上双目，停止呼吸。最终，呼啸的寒风中，偏离的轨道最终在濡血的花瓣的装饰下，以一种新的方式走向了正轨。

雪与花，在风的作用下，重重地缠绕撞击着。

随之，溢散而出的便是她那不愿为生活而妥协，所支付的的破碎代价……

叁　情爱的迷宫，花落几许

Chapter Three. Gone with the Wind

姓名：斯佳丽·奥哈拉（美国）

出处：《飘》——玛格丽特·米切尔

身份：塔拉庄园女主人、木材店老板

人生格言：夸父逐日一般，向往爱情的铠甲勇士

烽火硝烟惊梦。一往情深倚空。常忆护花人与共。几许流年相送，珍重却将寂寞弄，乘虚作弄。两处相思无用。

——望梅花·彭娇妍

瑞特走了，原本宽敞的家，顿时清冷了下来。

尽管此前，瑞特·巴特勒一直在努力，可忙碌的斯佳丽似乎依旧在执迷不悟。

在爱情的哲学里，夸父逐日一般执着的斯佳丽尽管具有资本家的天质，并且顽强、果敢，但她却把整个青春和爱都献给了阿希礼。其余的，她则全然视而不见。

家中的冷，源于梅兰妮的离去，还有女儿的夭折。

人世间，情为何物？虚无的爱，又价值几何？终究，斯佳丽有些动摇了。

面对着瑞特·巴特勒的伤怀，从夜晚的迷雾中赶回家的斯佳丽幡然醒悟。逝去的童年、过往的时光，还有那些曾经流逝的爱情。她是如此渴望回到原来的时候，一若那原本平静的庄园，青涩的宴会……

1.暗洒娇媚满舞台

人潮涌动的野外宴会上，年少的斯佳丽·奥哈拉打扮得是如此光彩照人，整个宴会俨然斯佳丽一人所有。

青春可人的她天生一对淡绿的双眼，两道纯净不带一丝褐色的浓黑剑眉，还有雪白的肌肤配上纤细的腰肢，和丰腴白净的双手、双腿与小巧玲珑的双足，俨然唐玄宗李隆基宠爱的妃子杨玉环。众多的来客中，她的回眸一笑百媚生，令在场的“六宫粉黛”们失去了颜色。

这是一八六一年四月，十二橡树庄园韦尔克斯家的烤肉野宴。由约翰·韦尔克斯先生作东，来宾为整个红土地上的所有庄园主，还有被邀请的庄园主的儿女们。

野宴的地点设在通向玫瑰园的山坡上。为了筹备这场盛大的宴会，宴会的前一天晚上，东道主约翰·韦尔克斯先生就用木柴点燃了烤肉的焰火。除此，韦尔克斯还在自家大房子后面的橡树林里，专门为客人安置了休憩用的椅子、矮脚凳和坐垫。为了避免烤肉的焰火熏着客人，烧肉用的长坑距离客人老远。

宴会的当天，场面自是热闹无比。宽阔弯曲的车道上，停满了来客们的坐骑和马车。有一打的黑人奴仆举着托盘，在林子里忙碌地来回奔走。成群的黑人和白人的孩子在嫩绿的草坪上跑着跳着。他们一边玩着跳房子和捉迷藏，还一边夸口说能吃多少多少烤肉。从屋前通到屋后的宽敞大厅，处处人满为患。就连家里的仆人、客人的车夫和女仆在宴会上，也可以享用主人盛情准备的玉米、红薯及黑人最喜爱的食物。

来客中，青年人似乎占了绝大多数。除了来塔拉庄园的主人杰拉尔德、斯佳丽以及斯佳丽的两个妹妹，还有打着五颜六色阳伞的塔尔顿家的四位姑娘；塔尔顿先生的四个儿子；孪生兄弟斯图特和布伦特；詹姆斯先生的两个儿子博伊德和汤姆；卡尔弗特夫妇及两个儿子赖福、凯德和他们的金发妹妹凯思琳，乔·方丹及未婚妻萨丽·芒罗；方丹家兄弟亚力克和汤尼。还有米蒂·芒罗，来自十英里外的洛夫乔伊，来自费耶特维尔和琼斯博罗、亚特兰大和梅肯的客人……

这种庄园主们自发组织的田边的宴会，原是邻里之间沟通心思、交换收获的场所，更是恋爱季节的男孩子和女孩子们的择偶平台。

十六岁，是情窦初开、又富于幻想的年龄。这样的时节，爱情似乎一切皆有可能，而爱情的含义，仅仅一个眼神即是。

不论来者是谁，斯佳丽一概使出最大的气力，尽情向男孩子们展示着自己的妩媚和娇柔。她在霍妮的情人查尔斯·汉密顿面前调情；印第亚与斯图特已是恋人关系，她已然不顾，任由斯图特向自己示好；为了吸引更多的男孩子围在自己身旁，舞会之中，她特意舍弃了原来长桌旁的条凳，而另选宽阔之处。

“清雨潇潇绿掌柔，擎波戏浪载扁舟。”好似沐着初夏暖风的青青小荷，爱动、任性、生气盎然的气质相混杂，令出生于广袤而盛产棉花的红土地上的她，有如一只百花丛中蹁跹飞舞的蝴蝶，不断地四处采撷。所到之处，便拨动了每一个男孩子的心弦。

她忸怩了一下身姿，不经意地向孪生兄弟之一斯图特露出了一脸甜甜的微笑，斯图特便如坠云端。她又向慷慨而文雅的凯德抛了抛妩媚的眼神，凯德便立刻目不斜视地时刻伴随她的左右，同时还时不时地拉拉她裙子以引起她的注意。她不小心撞了一下妹妹苏埃伦的情人弗兰克·肯尼迪，弗兰克·肯尼迪便也殷勤得如专职侍候仆人，在橡树树阴和餐桌之间跑来跑去，专门把好吃的取来献给斯佳丽。还有方丹家的两个皮肤黝黑的小伙子，也把两位芒罗小姐抛在了一边，去抢占斯佳丽身边的位置。

除此还有，笨拙无能的贝斯塔特·塔尔顿，十九岁的孪生兄弟斯图特和布伦特，都有如一只只殷勤的蜜蜂片刻不离地陪在她的左右。

难得的聚会，大人们的话题自然离不开激烈的“脱离联邦、战争”。因而，围在斯佳丽身边的男孩子，被和战争、紧张的局势有关的话题所吸引，渐渐转向了大人的一边。为此，趁着人少的时候，一位名叫查尔斯·汉密顿的男孩子便凑上前去，主动与斯佳丽搭讪。查尔斯·汉密顿性格沉稳，话语不多。但在斯佳丽的面前，面色微红的他依然十分主动地问着斯佳丽喜欢什么颜色，爱好是什么，等等。除此，貌似忧愤不已的查尔斯还在斯佳丽四处张望的时候，独自一人，有一搭没一搭地说着战火、参军等那些无比遥远的话题。

人群的一边，他们就这样漫无边际地聊着。而在斯佳丽的身后，一个无人的角落里，曾被西点军校开除，有着海盗似的黑脸，而且因不愿意娶一位傻瓜姑娘而失手击毙了姑娘哥哥的瑞特·巴特勒，却一直在默默注视着斯佳丽的一切。

人前如此张扬，却早就心有所属的斯佳丽，其实只为一人表演。斯佳丽所钟情的那个人，便是已经和梅兰妮订婚的阿希礼。在斯佳丽的心中，阿希礼温文尔雅、饱读诗书。邻里们的种种消遣娱乐，他无不精通。打猎、赌博、跳舞等都不是他的人生目标，并且诗人气质的他神情淡然，喜爱遐想。

其实，对于斯佳丽的种种示好，阿希礼是有所动容的。她常常在无意中发现阿希礼在直直地望着她，并且这种眼神充满了殷切和忧郁。这目光既不是平常的朦朦胧胧，也不是冷淡漠然。在斯佳丽看来，这样的神情或许是知识分子所特有的气质。但是，令斯佳丽困惑的是，除了那忧郁且又木讷的眼神，已经和梅兰妮订了婚的阿希礼，对自己一直是若即若离。阿希礼从不主动约她，也从未向斯佳丽表示过什么。

“或许，我们还年轻，结婚这个词，还为时过早。或许，对于示爱，他太羞涩……”单相思的斯佳丽，就这样等待着，也这样烦恼地胡乱猜测着。等待的日子里，斯佳丽还在一厢情愿地幻想，已经和别的女孩子订下婚约的阿希礼，会有朝一日冲破世俗的偏见，和梅兰妮毁去婚约，并在双方父母的愤怒中拉着自己的手，同自己勇敢地私奔……

终究，斯佳丽的小小心思还是被父亲察觉了。父亲竭力反对她对阿希礼的迷恋。在父亲杰拉尔德的眼里，成箱的法文书、德文书，换不来塔拉庄园珍贵的红土地。已是有妇之夫的韦尔克斯和他的家人，不事劳作，也不善经营。他们所谓的读书、作诗、音乐、绘画等等高雅之举，远不如他的庄园用诚实的劳动换得的果实来得实在。他们与阿希礼一家性格不同，观念不一致，而打猎、打扑克等娱乐活动，才是他们应该消遣的。

其实阿希礼对斯佳丽这样的处处留情，只是一个即将走入婚姻坟墓前的男人，在结束单身的自由生活前作着的最后的精神释放。虽然在关键时刻，阿希礼礼貌地拒绝了斯佳丽的求婚，令斯佳丽赌气嫁给了阿希礼的妻弟查尔斯·汉密顿。但是，阿希礼那迷离的双眼却始终在告诉斯佳丽他们是彼此有情。

美色、还有无处不在的妖娆，是男人内心贪婪的根源所在。所以，因了斯佳丽在人前的如此张扬，阿希礼依然对她不忍放弃。而这样的不舍，愈发令原本固执、虚荣的斯佳丽，有如夸父追日一般，对阿希礼的迷离的眼神执着追逐着。

2. 身锁镣铐舞翩翩

战争的炮火，不可避免地打响了。

与隆隆的炮火声一同到达斯佳丽面前的，不但有一个称她为母亲的小男孩儿，还有从战场的前线送来的属于斯佳丽的一身黑色丧服。战火中，斯佳丽刚刚结婚两个月的丈夫查尔斯·汉密顿，英勇就义。

如此年轻便要守寡，刚刚做了母亲的斯佳丽并未感到什么难过。毕竟，两个月的婚史，其基础还是纸一样的薄弱，更何况嫁给查尔斯，还是斯佳丽因求婚不成赌气所嫁。只是，令斯佳丽烦恼的，还是孩子的她又要去照顾一个嗷嗷待哺的孩子，还有她日夜思念的阿希礼也同许多热血青年一样去参了军，以及县里所有的娱乐和社交活动均停止了。这样的打击，不是丧夫的痛，而是角色快速转换之时，还来不及适应的她有些精神恍惚而已。

为了化解斯佳丽的丧夫之痛，在父亲及婆家的安排下，斯佳丽先是到了萨凡纳拜访了奥哈拉和罗比亚尔两家的亲戚；后去了比塔拉庄园还要偏僻的住在河边的宝莲姨妈和姨父家；又在有一幢大宅子的尤拉莉姨妈家暂住数日；最后，才在位于亚特兰大的佩蒂姑妈家落下脚根。

呼啸的火车将斯佳丽送达亚特兰大，这里车水马龙，繁华无比。可是，因为战争的阴影，这里的气氛紧张而恐慌。尽管这样，战火的硝烟一触即发，但新的环境、如此广阔的天地，却丝毫没有削弱斯佳丽那颗悸动不安的心。

彼时，斯佳丽依然年轻，依然活力四射。她向往着外面的世界，渴望到一个陌生的地方去看一看，走一走。还有，年仅十七岁的她，依然喜欢鲜亮的衣服，喜欢好看的首饰，喜欢戴花、缀缎带、加镶边。

只是，仅仅因为一场负气的赌气，刚刚两个月婚史的她便在这场迅速结束的婚姻中付出了小小代价。从此，她要披上那身黑色的丧服，且要做出年长的寡妇的模样对任何事情均要漠不关心，不能谈情说爱，也不能跳舞，只能是恪守妇道，寡言少语。

丧服阴沉，犹如一枚厚重的蚕茧，收紧她的笑脸、更收紧了她的五彩人生，且令她的生活湮灭了光彩。所幸，茧里的蛹是不停进化的。而且，这颗不愿被人左右的躁动之心，在不久的时日里，便可以破茧成蝶，得以新生。

陌生的环境里，寂寞的斯佳丽是如此渴望与人交往。起先，她被佩蒂姑妈勒令待在家里。即使是外出，也要在家人的陪伴下，一身素衣、面色凝重，且以对诸事都不关心的模样示人。

仅仅三两天的时日，斯佳丽便按捺不住了。于是，在照顾孩子的闲暇，斯佳丽不顾家人的议论，常常打开那几扇临街的窗户，站在窗前，举起双臂向那些她熟悉的小伙子们打招呼，向他们挥手致意。除此，迫切希望在人前走一走的她，还在佩蒂姑妈的竭力反对声中，欣然答应了参加梅里韦瑟太太和艾尔辛太太的义卖会，帮助她们照看柜台。

就这样，斯佳丽再次出现在了公众的面前。

义卖会的现场嘈杂无比。又因战争的笼罩，前来参加义卖的人们热情无比。人们在为战争而慷慨陈词，为了最大限度地支援前线，人们还在义卖会上慷慨地倾其所有。

身在其中，无比新鲜的斯佳丽却对这些所谓的国事、家事、天下事，漠不关心。她只想到热闹的人群中走一走，看一看。并且找寻适当的机会在男士的面前表演一番。

人群之中，一同前来参加义卖的瑞特一眼就认出了斯佳丽——这个曾经在十二橡树庄园因为一个男孩子的拒绝，而怒摔花瓶的她。

细心的瑞特还从斯佳丽渴望和忧郁的眼神中察觉出，已经整整披了一年丧服的斯佳丽，在这种热闹的场合之下，是如此渴望高唱一曲，或者疯狂地舞蹈一番。一个出于满足在舞会一展风姿的渴望，一个则寄希望于以出钱竞价的方式得到人们的认可。于是，借着义卖会上男士们出钱竞价舞伴的提议，瑞特·巴特勒用了一百五十块金币的高价将处在人群观望之中的斯佳丽拖曳而出。且在随之而起的音乐声中，与之翩翩起舞。

人的等级贵贱不是生来就有的。不同的世界观，再加上能够左右人意志的能力，贫穷与富贵、高尚与卑微，以及优与劣便由此产生了。

音乐声款款而起，伴随着有节奏的旋律，斯佳丽那身黑色的丧服被一褪而尽。她丝毫无视现场太太们的不满和姑娘们的嫉妒。欢快的舞曲中，他们一边跳，一边交换着关于名誉和对生活实质的理解，探讨着如何在区域文明中获得生存法则……

人群之中，尽管瑞特·巴特勒从言语上、行动上，还有物质上，在千方百计地在讨得人们的欢心。偷越封锁线的他，用船为亚特兰大的市民运来了绸缎、茶叶和砂糖，还给战争中的南方战士送去了火药和炮弹；给留守在后方的梅里韦瑟太太的女儿送来了白色缎子婚礼服；并热情地告诉围住他的太太们今年流行的服饰样式……

但是，锋芒毕露的瑞特·巴特勒不管作何种的努力，在世俗的人们眼里，他的一切都是徒劳的。

瑞特·巴特勒自小叛逆，出生于上等人家且就读于西点军校的他，因为在人前直言不讳地指出战争中南方的不利局势，从而成了政客们合力排挤的对象。又因为瑞特·巴特勒直言南方几乎没有工厂、棉纺厂、机械制造厂这些工业支撑，自己的武器尚处在落后状态，对方的封锁线那么的坚不可摧的必败事实，使那些喜欢自吹自擂的南方人丢尽了面子，让体面的南方市民因他的幸灾乐祸的手段而变得极为尴尬，让贪污受贿的高官暴露了伪善的面具，也让贪生怕死的战士失去了尊严；还因为，在婚姻问题上，一直崇尚以感情为基础的他，断然拒绝娶一位和自己没有共语言的女孩，并开枪打死了和自己决斗的女孩子的哥哥。瑞特·巴特勒因此四面树敌，沦为了所谓的不受欢迎的“下等人”。

原来，沉浸于过往的道德传统观念之中的人们，是如此地痴迷于自己设置的理想王国。狂妄、自大、不切实际地幻想，和过分地低估对方的一切，似乎成了每一个南方人的虚伪面具。在有人想要帮着拿掉这个面具时，这人就立刻成了众人攻击的对象。

而在瑞特·巴特勒的眼里，美丽的斯佳丽是有别于其他姑娘的。率真、果敢、富于激情，任何人也不能左右斯佳丽。在她的身上，瑞特·巴特勒没有看到斯佳丽对他人的一味顺从，也没有因被机械的教化而改造得失去自我。

动人的《狄克西》激昂且轻快。众目睽睽之下，斯佳丽与瑞特·巴特勒就这样和着众人异样的眼光投入地跳着。彼时，两颗同样有着叛逆因子的大脑，两颗同样藐视世俗的沸腾之心，在这场隆重的舞会中，开始了第一次交汇。

3. 还教无端弄华年

战争的硝烟抹去了斯佳丽少女时代所向往的一切美好。但是，也令温婉的斯佳丽在历练中，一点一点成长。

第一枚炮弹终于在斯佳丽位于亚特兰大的窗前炸响。巨大的轰鸣声，伴随着冲天的火光使她们的房屋即刻被照得透亮。胆小的米德夫妇卷起行李，即刻就不见了踪影。本应照顾即将临盆的梅兰妮的佩蒂姑妈，也在斯佳丽的竭力挽留中惊恐地夺路而逃。

空无一人的房舍里，只剩下了斯佳丽，她只得守在梅兰妮的身边，为梅兰妮接生，为梅兰妮刚出生的孩子洗礼。

从亚特兰大到塔拉庄园的二十五英里路程，不算遥远，可艰辛万分。及时赶到的瑞特•巴特勒，为斯佳丽偷来了残破马车，护送着斯佳丽将刚刚生产的梅兰妮和婴儿，还有自己年幼的孩子在黑夜中逃离了封锁线，且在饥渴难耐中往塔拉庄园赶。

战争的硝烟令塔拉庄园、十二橡树庄园等南方的大片土地成了北方战士掠夺和争抢的“肥肉”。人民流离失所，死伤无数。战争一若冬日的寒霜，除了饥饿便是寒冷。

本以为回到塔拉庄园，就回到了母亲温暖的怀抱，还可以在父亲坚实的臂膀下得到安全庇护。但是，当闪烁而微弱的烛光照亮了夜幕中的塔拉庄园时，这里，情景依旧残败不堪。母亲在斯佳丽回家的前一天就已黯然离世；父亲在失去伴侣的打击下，已变得神智不清；两个妹妹身患伤寒，躺在床上满嘴胡话；一切正常的唯有三个忠实的黑人奴仆。

庄园破落不堪，还有十三张嘴，一齐等待着，找斯佳丽要饭吃。最后的一丝幻想破灭了，有如大山一般的残酷现实，重重地压向了斯佳丽。

重建家园，困难重重，可年轻的她毫无选择。现在，她不仅是整个庄园的“家长”，更是大家唯一的精神支柱。无人所依，她便骑着战马往来于邻里之间寻求支援；为了尽可能地为庄园挽回损失，她顶着炙热的骄阳，在棉田里劳作；为了庄园十三口人的一日三餐，她还赤着双脚，在残败的田地里四处找寻瓜菜和野果……

每当庄园里的女人在因战争的恐惧而嚎啕大哭时，不得不强作坚强的斯佳丽，就要在心中盘算庄园里各种经济事务。为了防止北佬的入侵，她与家人数次将母猪、奶牛、马匹赶入沼泽地，同时，密实地藏起所剩无几的家当；在家人们外出劳作时，家中来了小偷，她举起手中的枪，敏捷地打死了在此行窃的来者；当北佬来袭时，她在婴儿的尿布里藏起金银细软，外表镇静、内心恐惧地与北佬周旋，巧妙地留下了亡夫查尔斯给儿子留下的军刀；还有，她在扑灭北佬走时放下的大火中，因抢救被烧的棉花、厨房，而惊恐疲惫地赫然昏厥。

生活的劳累，令原本娇美可人的斯佳丽变得面容消瘦，皮肤黝黑，双手还布满厚厚的老茧。长久的日晒，使她那原本娇嫩的皮肤和鼻尖上，还出现了若隐若现的雀斑斑点。

尽管辛劳，但在斯佳丽的心中，依然有一个虚幻的依靠。那便是阿希礼。他的妻子梅兰妮是她的嫂子，她与梅兰妮形影不离。

乘着梅兰妮不注意的时候，斯佳丽偷偷地翻看阿希礼写给梅兰妮的来信。且在阿希礼的来信中逐字逐句地找寻和自己有关的任何字眼。可她又着实关心梅兰妮的病情，四处为梅兰妮寻找冶病的良医。化繁为简地将以往点灯的猪油省却下来，作为炒菜佐味；尽管一无所有，但大度的斯佳丽还是宽容地接纳着每一个过往于此的，从战场返回的士兵，倾其所有地为这些受伤人员疗伤、治病。

噩梦般的经历，不仅使二十来岁的斯佳丽的面容越来越苍白，也使她的精神世界里的那根神经绷得越来越紧，越来越硬。神情愈加憔悴的她，每日伴着饥饿入睡。恐惧的她，更担心，仿佛这样一睡，第二天便不再会醒来。

斯佳丽这般的坚毅来自于他白手起家的父亲，还有曾经战胜了种种不幸的母亲。她的外祖父在拿破仑王朝覆亡后侥幸脱身，后在美国佐治亚海边重创家业；她的外曾祖父，在海地的森林中建立了自己的王国。除此，还有为自由爱尔兰而战的父亲的族人，奋起捍卫自己的权利而战死于博恩的母系族人。顽强血统和不怕困难的顽强因子，令斯佳丽从容地度过了一道又一道艰苦的难关。

在斯佳丽严格的家政把持，和家奴波克的帮助下，青年肯尼迪向妹妹苏埃仑求婚了；她朝思暮想的初恋情人阿希礼，在战争结束后不久回来了；斯佳丽救起的躺在家门口昏迷不醒的年轻人威尔，在身体恢复之后把塔拉庄园作为自己的家，成了庄园劳动力不断壮大之时的又一重要支柱；塔拉庄园里重新长出了瓜菜的新苗；她们的餐桌上依然是银质餐具、透亮的酒杯和丰盛的食品，她们的马厩里又有了一匹匹骏马，她又可以驾着豪华的四轮马车四处奔走，还有成群的黑奴又开始了在塔拉庄园的田间采摘棉花。往日里，在父亲母亲操劳下的繁荣景象，在斯佳丽的手中开始一点一点复苏了。

虽然经历着身体和心灵的双重磨难，对于年少的斯佳丽来说，即便惊恐万状而又痛不欲生，但要走向成熟，这个过程却是必然的。

4. 朱颜未改心期许

战争结束。

一切又归为了平静。

虽然，战后的斯佳丽再次结婚，再次为新婚的丈夫生育了儿女。但在斯佳丽的生活中，那个曾经亲眼目睹了她与阿希礼的吵架，在义卖会上帮助斯佳丽褪去丧服，又在战火中帮斯佳丽及梅兰妮母女逃出封锁的瑞特·巴特勒，似乎始终与斯佳丽的生活相依相伴。

斯佳丽接管了丈夫的木材店，成了驰骋商场的女老板。于是，店里的商品交易，瑞特·巴特勒便时有光顾；斯佳丽身怀有孕，且行动不便，瑞特·巴特勒便佯装巧遇常常帮她驾车；夜晚，只身一人的斯佳丽要到城外办事，瑞特·巴特勒便主动充当护花使者，在黑暗或人烟稀少的地段为其护送。

对瑞特·巴特勒的种种关心和巧遇，满心感激的斯佳丽一

概欣然接受，且依赖无比。只是，在斯佳丽的眼中，阿希礼的忧郁气质、还有与阿希礼有关的一切，依然深入她的灵魂。

没有得到的，便是最好的。作为斯佳丽少女时代理想恋人的幻想，阿希礼其实只是斯佳丽的众多追求者中截然不同的一位。太平世事之下的富裕生活中，绅士风度的阿希礼，英俊潇洒、风度翩翩。而不太受人欢迎的瑞特·巴特勒又是那么地现实、自信过人与玩世不恭。但是，考验人性本质的试金石，恰是通过战火的洗礼、战后的重建，以及在困难面前，人的生存能力和真实体现来逐一检验的。

虽然，在战争中阿希礼沦为战俘，且是因交换战俘而被释放回家的。而且此后的日子，阿希礼也没有因战争的磨砺而刚强多少。一直活在过去的他，既不习惯于塔拉庄园沉重的田间劳作，也不擅长于商场之中的经营与打理。

但这并没有影响斯佳丽对阿希礼的迷恋。斯佳丽依然处处关照着阿希礼，时时为阿希礼的劣迹遮掩护短。

就这样，懦弱的阿希礼如寄生虫一般，让天真的斯佳丽，如飞蛾扑火一般环绕在自己周围。并贪婪地享受着斯佳丽执着的迷恋，且在斯佳丽无私援助和指导下，勉强维持自己的平平业绩。使痴情而坚韧的斯佳丽久久地徘徊在爱情的大门外。

后来的日子，斯佳丽的第二任丈夫弗兰克因与阿希礼加入了反政府的秘密组织，且在集会中遭北方军包围中弹死亡。唯恐再一次被人抢了去的瑞特·巴特勒，以最快的速度，向斯佳丽求婚，并与之结婚。可斯佳丽的世界依然离不开阿希礼。

一把沙子，只有使用了适当的力度，才会在手掌的拿捏下不至于被散落一颗。同样痴心的梅兰妮也是如瑞特·巴特勒爱斯佳丽一样，如此深爱着自己的丈夫阿希礼。

她包容着斯佳丽对阿希礼所作的一切。并如母亲一般，在斯佳丽的每一个困难时期，用柔弱的肩膀默默地支持着她。

其实，从最初在塔拉庄园，斯佳丽对阿希礼的猛烈追求；还有战争期间，自认精明的斯佳丽偷偷地窥探阿希礼的每一封来信，善良的梅兰妮都是知晓的。还有战争过后，斯佳丽与阿希礼在木材厂办公室被人瞧见的过分亲昵的举动，梅兰妮也只是在阿希礼生日当天，赶快邀请斯佳丽帮助她照顾宴会上的客人，而巧妙淡化了。

一切的一切，在斯佳丽的面前，梅兰妮只是装作浑然不觉。

在与斯佳丽相识的日子里，痴心又富于男儿气概的瑞特·巴特勒常常是用“离开”的方式，来保持他对斯佳丽的那份绵长之爱的。

第一次离开，是瑞特·巴特勒帮助斯佳丽重返故里的途中。那是战火弥漫的紧张局势里，瑞特·巴特勒冒着无处不在的枪林弹雨，拼死弄回了一匹身负重伤的老马，并帮助斯佳丽把刚刚分娩的梅兰妮抱到马车上，将她们送出了危险区。马车的身后，为了心爱的女人，为了能在南方民众中树立一个甘洒热血的男儿形象，平日里玩世不恭的瑞特·巴特勒这时离开了。在斯佳丽母子处在安全状态的情况下，他离开了。彼时，激情满怀的他，拿起了刀枪走向了战场，去保卫那个即将被毁灭的家园。在他转身离开的背后，他留给斯佳丽的是坚定、从容的英雄气概。

第二次离开，是亲眼目睹了斯佳丽两次结婚，又两度守寡，而害怕斯佳丽再次被人抢走的瑞特·巴特勒，用着几分霸气，且又明智地与斯佳丽订下了婚约后与其暂时分离的。之所以这样做，对斯佳丽疼爱无比的瑞特·巴特勒，只是希望通过这种暂时的离开的方式，来避开人们对斯佳丽丈夫尸骨未寒而另结新好的非议。这次分离，瑞特·巴特勒满心期待。

但是第三次的离开，那个曾是富有的军火商人，纵横政界、商海的瑞特·巴特勒，却是无比凄凉了。

由于斯佳丽对阿希礼执迷不悟的迷恋，使身为丈夫的瑞特·巴特勒，恨不得将驻扎在斯佳丽脑中的阿希礼的影子挤出去。

随之，他们唯一的女儿美蓝因意外坠马，也夭折了。

女儿曾是瑞特·巴特勒的全部。没有重男轻女的瑞特，曾将斯佳丽为自己所生的女儿，视作自己生命的延续。更将女儿视作第二个斯佳丽，独一无二地疼爱着。

从木材店快速跑回家中，斯佳丽在餐室里找到了独处的瑞特·巴特勒。彼时，已经喝了很多酒的瑞特·巴特勒精神恍惚、猥琐不已。满桌的狼籍前，瑞特烂泥一般躺在椅子上，衬衫的钮扣被错落地扣着，长满胡须的脸上一脸苍白。抬眼之间，斯佳丽分明还看到了他那来自心中的强烈妒火，以及爱情的火花即将一瞬泯灭的残景。

情敌黯然退场，挡在斯佳丽与阿希礼面前的障碍解除了。

终成眷属，似乎将要成为斯佳丽与阿希礼的最终结局。

生育不是目的，而孕育孩子则是夫妻二人恩爱如一的最好鉴证。

阿希礼的妻子梅兰妮是在大夫的一再禁止下再次怀孕的。梅兰妮只是想要保住这个家，掩饰丈夫的婚外情。

可怜的梅兰妮还没有将这个她心中向往已久的喜讯公之于众，随之而来的病痛，便伸着尖利的魔爪，令梅兰妮黯然离去了。

选择情人贝尔，并非瑞特本愿。从某种角度来说，斯佳丽是把瑞特推向她人的推手。在爱情这个战场上败下阵来的瑞特，只有以这样的方式离开，才能平衡因斯佳丽的顾盼他人，以及痛失爱女所造成的伤痕。

善于离开的瑞特，此时依然选择了离开。只是，这次的离开，瑞特满身疲惫，因爱而柔软的心，已破碎不堪。

夜晚的薄雾依然弥漫。此时的斯佳丽却格外清醒。

原来，一直活在幻想中的斯佳丽，其实是如此依恋瑞特·巴特勒。因为有了瑞特·巴特勒为她铺设的舞台，能干、要强、并独当一面的斯佳丽，才能走上一条与南方女子孑然不同的道路。同样，没有瑞特的挺身而出，战火中的斯佳丽与刚刚分娩的梅兰妮不会平安到达塔拉庄园；木材店生意的如日中天，更是得益于瑞特的无私帮助；每每斯佳丽在深宵的噩梦中哭着醒来，瑞特结实的肩膀便是她温情的抚慰和依靠。洞察斯佳丽一切的瑞特，知晓她的每一个小伎俩、每一个游离于他人的眼神。他随她喜而喜，随她悲而悲。

“众里寻他千百度，蓦然回首，那人就在灯火阑珊处。”原来最真实的、最真切的爱，其实一直就在自己的身边！与爱人瑞特·巴特勒相连的最后一丝情愫，在将要断裂的那刻，斯佳丽终于幡然醒悟了。

不是在故事的最后，看到了瑞特斟酌着要不要善意地再骗斯佳丽一次而耸耸肩的模样吗？不再年轻的瑞特·巴特勒先生，要的是家的温暖，爱人的温情和关爱。想必，他此次的离开，只是在给醒悟过来的斯佳丽足够的思考和悔过时间。

因为，他等待的是明天的某一天，一个真正属于自己的那个敢于去爱、知错能改的妻子——斯佳丽的彻底回归。

肆　青春，岂是廉价的欲

Chapter Four. Notre Dame Cathedral

姓名：爱斯美拉达

出处：《巴黎圣母院》——雨果

身份：流落风尘的女子与身份不详的贵族的后代，现为流浪艺人

人生格言：将自己置于情爱祭坛上，甘作替罪羔羊

常记起烟云，尽恶万斛惊魂。镇日迷离沧海，望飒飒成真。戍鼓震天门，响阵阵犹念亲恩。东风憔悴，了无怨恨，梦中人。

——好女儿·彭娇妍

从小，她便被人从母亲的摇篮里偷走，沦落为街头艺人。流落街头的十六年间，已经出落成身材修长、双臂圆润的花季少女，她细腻的皮肤上印着的是安达卢西亚妇女和罗马妇女特有的金色光泽。

在人头攒动的河滩广场，她那安达卢西亚式的纤足，在旧地毯上燕子似的轻盈地舞蹈、旋转、翻飞。她用熟练的手鼓、小鸟儿一般的歌喉和训练有素的小羊做的街头表演，为自己换得了每日微薄的生活所需。

纯洁的她，是一盏暗夜里的灯。用那于无意流落的善与美，化解着人们麻木的灵魂，开启着他人丑陋的封尘许久的心灵。

但是，命运之神并没有因她的美丽与善良给予多少额外的垂青。

仅仅是爱，而且是她不该爱的爱，她便在腓比斯、克罗德•弗洛罗、诗人格兰古瓦、国王、母亲，以及所谓的宗教的众人合力摧残之下，走上了那个原不属于她的冷酷的绞刑架。

1.喧嚣热舞比秦淮

“天下莫柔弱于水，而攻坚强者莫之能胜，以其无以易之。”不管哪个朝代，哪个时期，在人们的潜意识里，羊，似乎一直就是由人主宰、任人宰割的象征。

处于困顿之中的人们，尽管时刻处在饥饿、穷困以及冷漠的边缘。但是，纯洁与美丽却总是沉积于他们的生活中。

懵懂的白色小山羊，是这个来自波希米亚的流浪艺人——爱斯美拉达唯一的伙伴，亦是她维系生活的主要来源。

为了换得可以果腹的银币，她与它走过了一个又一个热闹的广场集市。因为训练有素，与美丽的主人爱斯美拉达相依相伴的温顺羊儿，尖尖的羊角、纤细的羊蹄，均被涂上了有别于其他羊儿的金黄颜色。得益于主人的精心调教，这只聪明的小羊学会了舞蹈、歌唱、算术、拼写字母的超常本领。此外，这只谙懂人意的小羊，还会在人们的热切掌声下，可以敏捷地掂起自己细小的蹄子，学着人的模样作着各种拙劣的姿势。

于是，巴黎圣母院前，燃烧着熊熊篝火的河滩广场上，周身洁白的小羊在拥挤的人群里勤奋地表演着。爱斯美拉达举过头顶的滚圆无瑕的双臂，有节奏地敲打着巴斯克鼓，鼓声“咚——咚”地响着。灵活如黄蜂的爱斯美拉达一席不打裥的金色胸衣和色彩斑斓的长袍迎风膨胀，在旋转、弯腰、舞动之间，她好看的裙子不时被风掀开，修长洁白的小腿若隐若现。

这聪明的小羊是它的主人——爱斯美拉达温柔与纯洁的延伸。围观人群的一旁，时刻与小羊相伴的爱斯美拉达，玉树一样婷婷地挺立着。她唱着小鸟儿一般无忧无虑的婉转歌声。在那悠扬的曲调中，在场的诗人格兰古瓦悲从中来，并潸然泪下。同时也唤起了寄居于广场最暗的角落里，因失去了女儿，对对吉卜赛人恨之入骨的母亲居第尔的谩骂。

人们喜爱爱斯美拉达那在旧地毯上旋转、翻飞的舞姿，沉醉于她小鸟儿一般婉转的歌喉。同时，人们也在叹惜她从小被吉普塞人从家中偷走，而流落街头，仅靠卖艺生活的凄凉身世。但是，有着山间野草般顽强生命力的爱斯达美拉，在有着表演技艺的流浪艺人的训导之下，仅靠着人们给予的少许食物、关爱，便像春天破土而出的苗儿一样，在阳光的照耀下，一天一天快速成长。

和可爱的羊儿一样，这是一个完美无缺的躯体。因为母亲好看的外表，还有那个未曾公之于众的贵族血统的父亲的遗传，刚满十六岁的她，出落得苗条挺拔，肤色是出自安达卢西亚妇女和罗马妇女特有的金色，秀发色黑如漆，还有她那玉藕一样的秀腿、火焰一般的明眸……一如给穷困的世界里的人们，带来了一盏明亮的清灯。从那明亮的灯光里，散发出的美丽、温柔、纯洁的光，激发着穷困人的智慧、美丽和善良。

随后，在爱斯美拉达煽情的表演之下，整个表演的主角——一头娇小的白色小山羊“加利”上场了。

戴着金色项圈的它，用同样涂成了金色的尖尖小脚在鼓面上敲打的次数，来回答小主人对月份、日期，以及时刻的提问。在人们开怀的大笑声中，它站起两条后腿，一边迈步走，一边咩咩叫地学着城防手枪营管带吉沙·格朗雷米阁下参加圣烛节游行的样子。此外，它还一屁股坐在后腿上，古怪地挥动前腿，模仿着宗教法庭的皇家检查官雅克·沙莫吕阁下布道的模样。暗夜一般黑暗的社会，美丽与邪恶总是相伴相行的。除此，这善于模仿的聪明小羊，还可以在众多的字母中，用它小巧的蹄子，拼写“腓比斯”。在主人的教导下，它只花了两个月，就学会了拼写“PHOCEBUS”字母的本领……

在上层建筑的眼里，这些带着讽刺意味的表演，是对自己莫大的耻辱。因为，这个有着“巫术”的妖女，在用小小的羊儿，亵渎神明，耻笑国王的威严，藐视无上的宗教神圣的庄严。

小羊主人那光芒四射的美丽，似乎也如垂悬于水中的鱼饵一般，在他们表演的间隙，给前来观看的人群增添了一双双邪恶的、带着窥探的目光。这目光随着人群一同聚集在了羊儿一般手无鸡缚之力的爱斯美拉达身上。

一声声对于夺走孩子的唾骂，还有来源心灵深处火山喷发一般的憎恨，在人群之中快速传染着。这如人的身体之中，一个带着传染病病毒的病菌，因着身体偶尔的损伤，便潜入了人的肌体。这个具有杀伤功能的病菌，在入侵之初是安分的。但随后，汲足能量之后的它，起先攻破了离它最近的一个，接着是第二个，然后是第三个。这些感染了病菌的健康细胞，由此成为了传播病菌的使者，进而向四处漫延着。肌体在迅速损伤，意识在一点点改变。因了病菌的作用，美丽的少女，被妖魔化的扭曲，以及无知、善良和本能地排斥的情绪，在人们的潜在意识里生根发芽了。

尽管美丽的爱斯美拉达超常的表演技艺常常使人目瞪口呆、叹为观止。她的伙伴，那只灵巧的小羊儿也在主人的授意下，反应迅捷、演技高超，而且惟妙惟肖。但是，人们和她的一直生活在城市广场的阴暗角落里忏悔祈祷的母亲一样，从来就固执地认为，这个美丽而柔弱的爱斯美拉达，就是巫女的化身，撒旦的使者。因而，在那个所谓的上游社会里，她、还有它，只是巫术与妖孽的使者。这种用大胆的表演来诠释有悖于上流社会的一切荒谬言论的行为，是统统要被上层建筑扼杀的。

此时，生活的卑微并没有影响人们对小羊儿，还有它的美丽的主人爱斯达美拉的喜爱。成功的表演，伴随着好听的鼓乐，大银币、小银币、盾币、鹰币……雨点一般地洒向了他们。此时，爱斯美拉达生活清苦，却无牵挂。纯净的心，一若一泓清澈的泉。

2. 何贞何洁何堪罪

上帝在向你关闭一扇门时，必定会为你打开另一扇窗。从小失去了母亲的疼爱，但爱斯美拉达却拥有了集所有女人优点于一身的美丽、善良和纯洁。

她是底层社会的宠儿。人们喜爱她的表演，更喜欢她那天仙一般美丽的模样。

可是，人们的喜爱，并没有给这个美丽的少女带来稍许的安逸与好运。因了她的美貌，还有所谓妖魔附身的山羊无视教会法庭禁令的表演，黑夜里，在河滩广场表演完毕的她，带着她心爱的小羊走在返家的途中，身后，被身着黑衣的诡异影子尾随了。随后，爱斯美拉达似乎发现了身后的魅影，因此她加快了步伐，但黑影也同样地把速度加快了。这黑黑的巷子如此地静寂无声，美丽与青春在这一刻，似乎即将在劫持者的淫威之下一去不复返。

尽管她的小伙伴在同样惊恐万分地“咩、咩”叫着，但是，先前精湛的技艺并不代表能够抵御这暗夜里突如其来的巨大恐惧。人们的喝彩也不能驱散这突入其来的掳掠。

紧要关头，名字里含有英俊的弓箭手、天神，以及拉丁词“太阳”之意的腓比斯，骑着高大战马率领着皇家卫队从天而降了。面对丑陋的劫持者，同千万个英雄救美故事一样，这个外表英俊的皇家卫队队长仅凭他们散发出的雄壮气势，便迅速地击退了暗夜中来袭的罪孽。

十六岁，正是一个情窦初开的年龄。腓比斯骑着高高战马飘然而至，还有那惊心动魄时刻的断然现身，再加上在单纯的爱斯达美拉眼里，他英俊的外表潇洒梦幻，因而顺里成章地成为了她所爱恋的对象了。

她为他的男性气息所感染。他随身佩戴的长剑，在他的英俊外表之下，更加显示了那威武雄壮的气质。她的若有所思，也被一旁的小羊悄悄地记录着。哥特式的楼房前，这个向年轻漂亮的姑娘们表演完技艺之后的小羊，还无师自通地用它小小的金色蹄子拼写出了“腓比斯”一词。

身为皇家卫队队长的腓比斯与富有的百合花表妹婚约在先，

但骨子里生来就肮脏龌龊的腓比斯，对于女色同样也来者不拒的。他想方设法地接近爱斯美拉达。对于马斯克手鼓的声音，他也是如中巫蛊一般逃也似的跑开。

男人的谎言，总会让恋爱中的女人迷醉。因为单纯，在那个她将为之奉献一切，并且至死都忠贞不渝的男人眼里，这个卑微的，流落街头的卖艺女子，只是自己人生轨迹中情欲、美色的调味剂罢了。

尽管在此之前，善良的爱斯达美拉因不忍诗人格兰古瓦被判鞭刑，而毅然挺身而出，甘愿与诗人履行四年有名无实的婚姻约定。面对副主教克洛德·弗洛罗的求爱，执着的爱斯达美拉达果断地回绝了他：“绞刑架让我厌恶的程度还远远不如你呢。”

一见钟情，并迅速坠入爱河的爱斯达美拉达同恋爱中的众多女子一样，是冲动也是盲目的。单纯的爱斯美拉达深爱着腓比斯，并情愿为他付出一切。在他们约会的“夏娃的苹果”酒店圣玛特房间，面对打扮得仪表堂堂的情人的示好，年轻姑娘同样是手足无措，激情澎湃。羞涩的她不敢抬眼看面前容光焕发的军官，手指亦是在凳子上机械地划着不规则的线条。

“我的肉体、我的血液、我的灵魂，一切都是您的，一切都为了您。我爱您，从来只爱您……”她勇敢地向腓比斯表白了自己的心思，祈望加入腓比斯的宗教，并幻想着这份爱恋的种子，有朝一日能够结出爱的果实。曾在无数女性面前表演，并已熟之又熟的话语，同样也在爱斯达美拉的面前表演着。这蜜汁一样的语言，迅速瓦解了同样沉浸在甜蜜中的爱斯美拉达。

“我的生命是我的，我把它献给我爱的人。”耳鬓厮磨之间，单纯无比的爱斯达美拉，最终向腓比斯献出了本可以有朝一日能与母亲相见的护身符咒。在副主教克洛德·弗洛罗毒蛇一般的注视下，可怜姑娘胸衣上的带子被解掉了，包裹护身符咒的抹胸也一同被那只罪恶的大手扯掉了。亲情、纯洁，由此便在这个玩弄于美色的禽兽的手中贬低了价值。街头舞女，与军官的地位是悬殊的，因而微不足道的她便向这个花心的腓比斯撤掉了所有防线，并奢望着做他的情妇、女佣。

女人的命运，不在于她容貌的美丑，也不在于她的出生境遇的好坏，而只是在于她所爱的对象品性如何。她的美丽，同样也一直被副主教克洛德·弗洛罗垂涎着。被深入骨髓的禁欲观念束缚的他，为了一睹这个女子的芳容，他首先花费了巨资，用从酒店的邻家商店买来的旧宽大风衣遮住他教士的外表。他在三月的风寒中，站立、跺脚，等待了许久，为的只是狡黠地尾随在同样龌龊的腓比斯的身后，用一个埃居的银币换来躲藏在门后的阴暗角落窥探爱斯达美拉的机会。

情爱、肉体、灵魂，还有男欢女爱的甜言蜜语烘烤下，酒店房间阴暗的角落里，克洛德·弗洛罗的血液在沸腾着。房间里，如此温馨的场面，如此美丽的容貌、如此优雅的体态、如此心仪的女子，在最最消魂的时刻，激动的他只能是电影一般地偷偷观望着，从破旧的木板门的门缝间贼一样地窥探着。双眼，吸血鬼一般的执着扭曲了克洛德·弗洛罗的灵魂，以及邪恶的占有欲望。

嫉妒、冲动，使得这已经变成苍白的、泛绿的、痉挛的面孔极度扭曲，在沸腾的激动中，副主教手持着匕首破门而出。同时，他将凝聚在胸口的一切力量，刺向了这个风流倜傥的腓比斯。

血从腓比斯的身体里流向了地面。这突如其来的面孔，还有鲜红的血迹，魔爪一般抓住了这个单纯的，上半身已是全裸了的姑娘。爱斯美拉达吓得昏厥了。进而，乘着混乱的时刻，这个在黑暗中扭曲的灵魂由此逃逸。

血腥、抓捕、现场……在他的世界里，似乎从来就不曾发生过。他，似乎亦与这一切无关。那个于黑暗中窥探男女私情的副主教克洛德·弗洛罗依然如常地在圣母院道貌岸然地行使着他的神职。还有那个在医院疗好了被刺伤口的腓比斯，为了不暴露自己的丑恶行径，若无其事的他依旧自得地周旋于上流社会之间，用那英俊的外表取悦着富有的未婚妻子百合花。

单纯的爱斯美拉达，因为恐惧而昏厥，没有任何证据的她被巡防士兵关入了监牢。刑罚、逃亡，从此成了这个可怜姑娘主要的生活内容。巫术，妖魔，在她的身上更加得到了印证。

她的这份诚挚之爱，最终也成了燃烧她生命火花的导火索。她陷入了黑暗的法庭，接受着莫须有罪名的审判。男人的嫉妒、法律的酷刑、国王的督促以及人们强加于她的有着巫术、妖女的外衣下，爱斯美拉达这场无果的爱恋，昙花一般地盛开之后迅疾凋残，而她，又在命运捉弄下，黯然地走进了宿命的囚笼。

3. 既聋且昏我审判

因为心情不佳，所以心情不佳；因为审判，所以才要审判。这两者之间，貌似没有任何必然的联系。但是，对于手执权杖、握捏判决皮鞭的审判者们来说，架通它们的桥梁，仅仅只是肆意游弋的情绪世界里，混杂着钢筋水泥一般的发泄。

需要发泄节日之后不佳心情的承审官是耳聋的弗洛里昂老爷。在罪恶的审判台上，一个有伤于他人畅快心情的丑陋敲钟人，在众目睽睽的注视之下，被荒唐地审判着。

既聋又瞎，似乎才是一个完美的当权者所具备的条件。在高高的审判席上，记载着被告敲钟人的姓名、身份、过失的案卷，领路狗一般地牵引着他审判的方向。掩盖着他那作为一个法官本来是万万不能有的缺陷。

一名聋子审判另一名聋子。于理法，于逻辑，于结果都是荒谬的，在当今的人们意识观念里，也是不可能存在的。但是，在圣主、胡闹王们主宰的世界里却真实有之。答非所问，糊弄着人们对神圣的宗教的膜拜，不能有丝毫怀疑。驴唇不对马嘴的提问，使人们在面面相觑的忍耐后，传染病毒一般的大笑在录事席、旁听席，此起彼伏。

这个负责着巴黎的地方治安，受着国王的崇高命令而享有惩治诸般罪恶、纠察各行各业、禁止垄断、维修街道、制止倒卖家禽、监督丈量劈柴及其他木材、清除城内污泥及空气中传染病之物等等神圣无上的权利，披着棕色粗呢袍子的弗洛里昂老爷，就这样在滔滔不绝的荒谬陈词中仓惶掩盖着自己的愚蠢无知。

上帝把一切丑陋都慷慨地给了出生后不久，就被母亲遗弃的卡西莫多。他那与人沟通的屏障是自来到人世间的第一刻，就被牢牢地树立起来的。用来行走的双脚，是一长一短的。后背弯曲成了弓一样的形状。布满沟壑的脸上，只有一只硕大的圆眼，在注视着人世间丑的存在。还有那几何形的脸，四方形的鼻子，参差不齐的牙齿，马蹄型的嘴唇……

丑到极致的他，被教堂副主教克罗德·弗洛罗作为自己弟弟惩戒原罪，和替代弟弟所有的不幸，而被带进这座具有庇护功能的巴黎圣母院的。上帝在无意间遗落的这颗棋子，使孤单的卡西莫多融化在圣母院的墙壁、屋檐、壁画以及慈爱的雕像之中。因为外界对这个外表丑陋之至的人厌恶欺凌，从来就不被人关注的他，终日与世隔绝，和圣母院楼顶大的、小的钟们相伴。

他对收养他的再生父母克罗德·弗洛罗，忠心地唯命事从。因了这个再生父母的指使，于黑暗的夜色里，把罪恶的黑手伸向了无辜的、且是自己恩人所钟情的波希米亚少女。加之在少女被营救时，他对皇家卫队的反抗，使他也成了法律的被告。

在法律的天平面前，因金钱而失重的砝码使人们忘记了敲钟人卡西莫多那与生俱来的生理缺陷。

皮鞭，在受刑的背部鞭打着受刑者的罪恶。饥饿剥夺了尚存的，还有些许健康的肌体。但是，发泄上层建筑的不佳情绪，

可因审判而赚得可观的收入。当权者们似乎忽略了他们所嘲弄和发泄的对象也是和他们一样，有着血肉、生命以及渴求活着的有意识的人。

惩戒人类罪恶的耻辱柱，在一下下的鞭挞中，似乎连同人性的善也一同被泯灭了。跪绑在耻辱柱前一个半小时之久的卡西莫多，那一声声“渴”、“渴”、“渴”的呼唤，没有换来刚刚才在大喊正义的人们稍许的同情心。相反，人们厌恶的谩骂和责怪，雨点一般地随着行刑者手中的皮鞭，在快速起落。他的钟声惊扰了人们迷醉的清梦，他的丑陋外表恶魔一般地干扰着人们愉悦的精神境遇。因口渴发出的一声声呼唤，沾着水的抹布、不长眼的石头、瘫子的拐棍、破碎的瓦罐……伴随着还有些许良知的善良人，因宗教的压抑而滋生的虐待、嘲弄大山一样地将他淹没了。

不分阶层，不论高低贵贱，只因这外表的丑陋，便在之前还尚有良知的人们手中践踏着、发泄着。

失去了人性的土地，可谓一片没有气息的荒漠。曾几何时，那禁严的宗教律令，是一直在教诲人们要弃绝愤怒、渴求、肉体等一切的欲望，同时，也要求在各自的行动、言语之中，不断地修正自己的行为，以实现道德的自我完善的。但是，因了这荒谬的法令，荒谬的神权，人们心中那原本旺盛的精神森林，便渐如中病毒一般地荒芜了。这种荒芜，宛若一座废弃的城堡。除了城堡里洞黑的窗，城堡周遭沙漠一般冷落的路，留下的只有或人类的、或动物的，洁白的骨骼残骸。

丑到极至，便成了美。终年与圣母院里的大钟为伍，将大钟视作他的挚友、爱人的卡西莫多，钟，是他若有所思时的倾诉对象。圣母院里庄严而神圣的壁画，涤荡着他幼小的灵魂。在圣母院母亲一般温暖的庇护之中，心地如处女一般纯洁善良的他，在没有所谓的上层社会、中层社会还有底层社会的嘲笑、愚弄以及冷眼之外生长着。

灵魂之中留存的善良，亦可化解一切的丑恶。外界压力所致的面貌扭曲，似乎远不及灵魂的扭曲来得凶猛。

潮水一般的嘲笑、羞辱之中，却有一缕清澈的阳光透进了卡西莫多和人们渐已黑暗的情感世界。闻听关于渴的呼唤，美丽的爱斯美拉达举起水罐，款款从绞刑台上走来了。无邪的她，迈着从容的步子，使人群自动地，为这用水承载着善与美的使者让开了道路。此前，怀抱水罐的爱斯美拉达曾是卡西莫多黑夜时劫掠的目标。而且，卡西莫多这场未能如愿成功的伎俩，亦从此拉开了爱斯美拉达的苦难命运。同时，爱斯美拉达走向捆绑着的卡西莫多之时，耻辱柱的一侧，容纳着坐关修女、爱斯美拉达那思女心切的母亲，她也将女贼、妖魔等对吉卜赛女人的恶毒咒骂，再一次无可悔改地定格在了人们无知的心胸之中。

美丽，可以掩盖一切的丑。善良，同样也亦可化解一切的恶。因了耻辱柱的鉴证，美与丑的极致在这一刻相遇了。鲜嫩、清纯、妩媚的爱斯美拉达从腰间摘下了水罐，将水罐孩子一般地紧贴在干涸的，龇着怪牙的大嘴上。口渴，如荒漠中突然降临的甘露，渗透了卡西莫多的唇齿、喉咙与心扉。

或许是爱斯美拉达这一无意的善举，悄然融化了人们封存已久的良知。围观的民众终于感动了，他们向爱斯美拉达送来了热烈的掌声。

在囚禁中的卡西莫多眼里，这个手持水罐的，前夜还是他罪恶的双手中猎物的弱女子，此刻，却成了他狭窄的生活空间里的一道阳光、一颗露珠、一只鸟儿啼唱的歌声。爱与被爱，同时也滋补了卡西莫多于寂寞的圣母院孤苦的，长久地处在无人关爱中的灵魂。

在纯洁的真、善、美面前，卡西莫多因冷酷而冰封了许久的心灵，被爱斯美拉达一点点开启了。

就这样，以德报怨，在爱斯美拉达的举手投足之间，使这个压抑的、丑恶的灵魂再次得以重生。

4. 无辜羔羊任宰杀

宗教，这个包含着拯救人类灵魂，规范人们行为意识，以及行使司法审判的具有集权性能的社会意识形态，告诫着人们洗刷原罪，并传授着宽以待人的处事法则。

宗教社会里，那一尊尊庄严的、慈祥的、和蔼的图腾，更使人虔诚地膜拜着，那源自于个体灵魂之中本原的“善”，也被尊崇着。然而宗教中的仁、义、礼，这些最基本的准则在现实之中，却被上层建筑变相地篡改和抹煞了。

副主教克罗德·弗洛罗，这个披着宗教外衣的魔鬼，一面手持惩戒人类灵魂的权杖，教授人们要遵守贞操德行、教义学说。另一方面，他却倚仗着宗教这个神圣的光环，用罪恶的黑手掳虐、劫持，干着近乎奸淫的勾当。

在神圣的法律面前，这个道貌岸然的副主教，向人告示的是人的肉体欲望是低贱的、自私的、有害的，是罪恶之源，因而强调节制肉体欲望和享乐，甚至要求弃绝一切欲望，如此才能实现道德的自我完善。为了达到绝对地阻止人的欲望产生，他们用严格纪律的训练，规整的准则条框，将人的思维严密地禁锢着。致使在禁欲主义之下的人们自愿地离开家庭，放弃财产，不愿在家中生活，而情愿过乞丐般的生活。

与人为善，实现道德的自我完美，本无非议。同时，这亦与老子“无为而治”的辩证统一思想；释迦牟尼“能仁”、“能儒”、“能忍”、“能寂”的普度众生；摩诃毗罗的反对杀生，追求个人灵魂的自由，以及圣安东尼、圣方济各、圣雄甘地、大卫·奥古斯丁·贝克尔等人的本原初衷是同声同息的。原本，在没有欲望的清规教律下，思想已是木然的克罗德·弗洛罗，灵魂如清水一般清澈透明。傲然于世，容光焕发，神明之光似乎主宰着克罗德·弗洛罗的一切。幽暗的修道院里，斋戒、祈祷、学习和苦行生活，俨然将年轻的、生命力旺盛的，且正处于成长之中的克罗德·弗洛罗牢牢地锁在了修道院神圣的祭坛之上。

但是，人是社会的动物。没有外界因素所干扰的行为和意识形态，同样没有生存的土壤。清教徒们所避之不及的“欲望”，也如同容纳着五谷杂粮的肠胃一般，会随着不同的境况、不同的时段悄然诞生。精神上的变态，似乎也要比生理上的变态来得更加可怕。异性相吸的恒古定理，还有男人身体内野草一样漫延的热血力量，在外界力量的压抑下已然扭曲、变形。同时，这四处漫延的欲望，在人世间万事万物的稍许诱惑之下，会以烈火烹油一般的速度迅速变成可怕的畸形模样。

当美丽的爱斯美拉达在河滩广场出现时，克罗德·弗洛罗那一身黑色的缁衣之下早已萌动的心，就开始蠢蠢欲动了。

她于悲壮中发出的，无意的仅取悦于人的感官的手鼓声、音乐声，吸引着衣衫褴褛之人无邪的透亮双眸。她丰富着温饱线之下的贫困精神世界，荒原上蹦跹的鸟儿一般，舞蹈着自己的美丽。但是，在邪恶者眼中，这无上的美丽，便成了蛊惑灵魂原罪的导火索。在克罗德·弗洛罗的眼里，这变了味的乐曲，便如罂粟花一般，迅速地激发了他压抑在心中许久的“欲望动力”。

人群之中，爱斯美拉达那美丽的身段，光彩照人的形象，使克罗德·弗洛罗在惊奇中，陶醉地、情不自禁地全然卸掉了清教徒所应遵循的勿视、勿观、勿思戒律。

最初，清教徒们所要遵循的戒律枷锁在他的身上是留存的。人世间一切事物主宰似的他，试图设法禁止爱斯美拉达出现在他所在的河滩广场，只为自己能够忘掉这份日益增长的情爱。但这份试图阻止，只是一厢情愿地停驻于克罗德·弗洛罗的脑海。并且，这个不大的脑海里，是被不断生长着的，罂粟花一般的邪恶欲念所主导。

在这种以爱斯美拉达为依附对象，且满是淫劣欲望的指使下，冲动之中的他，指使自己忠实的养子卡西莫多于黑夜时分，向美丽的爱斯美拉达实施了劫持。劫持之中，却有如神兵天降，与克罗德·弗洛罗生长着同样龌龊种子的皇家卫队队长腓比斯，在这看似不该出现的时刻出现了。

腓比斯英雄救美的气概，还有那英俊潇洒的外貌，也同时俘获了爱斯美拉达的芳心。对情敌的可以自由周旋于女人周遭的嫉妒，心爱女人忠情于他人的羞辱，进而令克罗德·弗洛罗毫不犹豫地将匕首刺向了腓比斯。

事发之后，成为凶手的他却迅速地逃逸了。曾经在世人面前，以一副神圣和庄严的姿态告诫人们要笃信宗教，清心寡欲，远离女性，厌弃一切物质享受和生活乐趣的克罗德·弗洛罗，此时全然没有了当初的平静与傲慢。他将自己一手造成的罪孽，轻而易举地附加在了慌乱之中昏迷的爱斯美拉达身上。并且，恶狼一般，得寸进尺地对没有到手的爱斯美拉达再一次地追逐着。

在关押爱斯美拉达的监狱里，他试图用大胆的表白和眼泪换得心上人的情爱。但这鳄鱼一般的眼泪，却被单纯的，且心有所属的爱斯美拉达断然拒绝了。

"我得不到的，谁也别想占有"。扭曲的灵魂，伴随着这断然的拒绝，和尊严、颜面的失落，而快速膨胀。火刑治愈了被女巫蛊惑了阿斯特的布鲁诺伤口的故事，成了克罗德·弗洛罗脑海里搜索了许久之后才找到的，加害得不到爱斯美拉达爱情之后报复的借口。

对于得不到的爱情，克罗德·弗洛罗蜘蛛毁网一般挣扎，他那狭小的心灵空间，被嫉妒的种子占据之后，又迸发出向无辜的爱斯美拉达咒骂、以死亡相威胁、暗刺他人、诬陷的伎俩，彻底暴露了他的自私、贪色、阴险与冷酷。

他用手中的丝线，煽动着木讷的法庭，他给出了爱斯美拉达用妖术蛊惑众人的审判结论。促使着昏庸的国王对这个或有妖术的柔弱女子，下了处死的决绝命令。

这只无辜的羔羊，也在不知自己所犯何罪的情况下，一步一步地，在克罗德·弗洛罗这双恶毒双手的掌推之中，走上了圣母院前那个冷酷的绞刑架。

在此之前，身陷迷途的克罗德·弗洛罗，似乎也想用修道院里的严肃生活、圣坛前的忏悔、不停地工作和学习来修正他的脑海里四处漫延的荒谬枝桠。因这在还存有少许"良知"的他看来，自己的一切种种行为是与清教徒所要遵循的守则、禁令相违背的。维护宗教秩序、压抑人民反抗的神圣职能，还在他拙劣的手段之中掌控着。因为有着宗教这个神圣的幌子，疯狂、沉沦、迷恋，这一切似乎都与克罗德·弗洛罗自己无关。他自己所有的一切荒唐行径，似乎都是因了外界的力量理所当然地发生的。不论对错与否，责任似乎都在于他人。克罗德·弗洛罗，在宗教的"规范"和保护之下，这个加害于他人的人，从而也成了沾满罪恶之人。

"居善地，心善渊，与善仁，言善信。"在巴黎圣母院，或许，读者只看到了克罗德·弗洛罗这一个令人憎恶的丑恶面貌。但是，被禁欲主义束缚的人们，同克罗德·弗洛罗有着相似劣迹的，又岂止卑鄙的他一个？

伍　无以言状的忧伤

Chapter Five.Tess of the D'Urbervilles

姓名：苔瑞莎（英国），苔丝原是爱称

出处：《苔丝》——托马斯·哈代

身份：黑原谷里依靠贩卖鸡鸭维生，且嗜酒、好赌的农家小贩的女儿

人生格言：宁要玉石俱焚，也要爱的回归

雨阵阵，长夜无期何故问。薄情寄予无言信。

离别数载无音讯，归来恨，经年却是仓皇奔。

——归自谣·彭娇妍

贞操，俨然一把上苍自女人来到人世以来，便被赋予的沉重枷锁。不论罪过在谁，承受责罚的，无一例外地都是女人。

大自然的乡村，孕育了她的纯朴，乡村里纷繁的劳作更加历练了她的忍耐天性。

她只是在父母的包办下，商品一样被送进杜伯维尔的“表哥”处用来攀亲的道具。带着父母的祈望，一个冒牌农场，一个带着恐吓的诱骗，初涉人生的她，便失去了她最宝贵的东西。

沾染如此瑕疵，与她命中注定的安琪儿不仅在村子的舞会上擦肩而过，而且等待的黎明便从此一片黑暗。

1. 雨打芭蕉沉沉梦

花儿的开放，是靠制造养分，且由叶吸收阳光的花托的保护来共同酝酿的。

但是，当这些为供给、保护花儿成长的根和叶，是建立在对花儿的掠夺的基础上时，与花儿紧紧相依的根和叶们，便朝着它们原本相反的方向生长去了。

或许是那个鹿脚巷古物专家特令安牧师不经意的发现，亦或许是中年杰克·杜伯菲尔德人生旅程的必经之途，手臂上挎着空蛋篮、帽子上的绒毛已经破烂了的中年杰克·杜伯菲尔德摇晃着双腿，在布莱克摩尔谷与那个改变了他、他的妻子、他的迟暮之年得来的孩子，还有独秀于鲜花丛中的女儿生活轨迹的鹿脚巷古物专家特令安牧师相遇了。牧师的这一偶然“发现”，还有他们的偶然相遇，就这样，让生活的一切轨迹就倏地改变了。

他们原是古老的杜伯维尔骑士家族，跟随征服者威廉一起从诺曼底来到于此，并且在《巴托修道院文卷》上有记载的佩甘·杜伯维尔爵士的后裔。在特令安牧师的发现之中，杰克·杜伯菲尔德家支脉的庄园，曾经遍布英格兰的这一带地区。他的祖先的名字在斯梯凡王时代《度支总册》里亦有记载。这个曾经高贵的家族，已经出了好多个约翰爵士。在青山下的金斯贝尔，教堂底下躺着的是他的满身盔甲，浑身珠宝，睡的是铅棺材的显赫宗上。

这突如其来的身份转换，便使苔丝父亲那原本平静的，本需踏实劳作的生活轨迹打乱了。追逐已在远古就失去了的显赫，妄想那浮幻表象的浮华，还有没落家族先前的英名被重新发现之后的威武，使这个诞生于乡村，且生长于此的父亲便在幻境中一点一点地异想天开了。

认祖归宗，成了困顿于贫瘠小山村里的杰克·杜伯菲尔，快速摆脱贫困、拥有财富的最佳途径。

贫穷要与所谓的富贵攀上关系，是要有个堂皇的理由作为纽带相连的。这个座落于小山村的，依靠贩卖鸡鸭为生的贫困之家，屋舍那斑驳的墙壁可以和美丽大山的石壁、山脊合为一体。屋舍之内的家具物什，任何一件存在的时间使用的价值，都与城里富足的人家相距千里。这个四壁之家，唯一的财富，便是那个美丽的，杰克·杜伯菲尔的长女苔丝。

似乎不论在哪个朝代、哪个地方，重男轻女的陈旧观念下，女儿的存在不外是用作连接政治纽带、换取财富的工具与棋子的。姣好的容貌可以轻易地觅得上好的人家。或拥有财富，亦能讨得如意的女人作为自己传宗接代的夫人。于是，美丽的正如花儿一样绽放的苔丝，便在父母的左右权衡之下，成了连接那古老且威严的杜伯维尔骑士家族关系，最最合适的人选。

带着全家的厚望，商品一般的苔丝，就这样混沌地在父母的宿命之下，急切地被送入了狼族的群落。可是，不加查证的血缘亲情，还有伴着虚荣的急切行动，似乎是未成年人在踏入社会之初，因无知、懵懂而造成的一时冲动。

这俨然就是另一个囚困于周公馆里的四凤。因了那个祈望能得到周家更多财产的父亲，在平日里就是连喝带赌的父亲鲁贵的花言巧语，同样处在懵懂之年的四凤，便在父亲的唆使下，走入了她命里注定，且是她生命魔咒之地——富有的、母亲原本服侍过的，且与公馆主人周朴元相爱的周家当作了侍女。

这个没有受过太高的教育，且性格单纯、目光清澈的姑娘侍萍，原是公馆主人周朴元的旧日恋人。尽管母亲侍萍为周家主人生下了两个儿子，但因周家老太爷不同意这门亲事，母亲侍萍在生下第二个孩子的第三天晚上，便被赶出家门了。

四凤是母亲侍萍后来的丈夫鲁贵的亲女儿。一心想高攀，尽可能地捞到更多的财富。鲁贵贼一样密切地监视着周家的一切行动，并想方设法地使女儿得到周家公子周萍的好感。

因了那不可告人的乱伦关系，在周家女主人繁漪的眼里，四凤的存在，是她与世隔绝的生活世界里，一刻也不能存在的情敌。周家公子周萍也因四凤的年轻、美貌而与四凤发生了关系，且怀上了孩子。

羞于启齿，又不能隐瞒的四凤在万般无奈之中焦虑着，她只愿与心上人一同远走。

得知女儿进入了周家，母亲侍萍特地从无锡赶来了。

在那熟悉的周公馆，历经沧桑的母亲竭力要使女儿离开。原来，在一声声雷雨的洗刷中，四凤的所爱之人，是她同母异父的亲哥哥。

四凤与周萍的爱是建立在两情相悦的基础上的。可那可怜的苔丝，从一开始就被人浸渍了一道道冷眼。来自于养鸡场工人们凌厉的冷语，还有源自苔丝父母本身仰视的目光，和赤裸的贪婪，再伴上苔丝花儿一般的容貌、洁如白纸的心境，就使得这个流落于狼族的“羊儿”，在毫无防备之下，任由他人宰割了。

母亲的职责，是如花托一样时刻保护女儿的美丽、纯洁的。这样的保护，本应是在女儿成长过程中，以言传身教的不同形式，来告诫女儿要加强自我保护的意识，留心那暴露于阳光背面的一切险恶用心的。可是，似乎从苔丝来到人世，由幼稚的孩童直到出落成端庄的少女，还有她走出原本无忧无虑的温暖的家的最后时刻，母亲也没有向苔丝给予任何的提及、警示。

其实，既成事实的破坏，本可以在最最安全的港湾母亲那里得到避免的。原本对苔丝有爱，且在男女界限突破之后，母亲与“表哥”的商讨和理论方式，可以促成一桩美满的婚姻。而且不久，伴随苔丝失贞之后又诞生的孩子问世，那个一心向往富贵的父亲杰克·杜伯维尔德至少要去帮助这个无辜的婴孩去寻找他富有的父亲，让孩子认祖归宗，让这个可怜的，错误地来到人世的婴孩在生病的时刻，得到理应有的救治……这一切的一切，却在苔丝那糊涂的父亲和母亲那里，一样也没有付诸实施。

没有利用价值的苔丝，便如实验室里实验者使用完毕的小白鼠，被她的父母破抹布一般地丢弃了。

外表美丽，却缺乏必要保护知识的苔丝，便在无知之中，成了世人眼中“一个堕落的女人”。她的“行为”因此受到社会舆论的非议。在人们的指指点点之中，她，成了一个不贞洁的罪人。

2. 芳草闲门弄尘香

生活没有因苔丝的受辱而停滞。岁月的年轮依旧在旋转，苔丝的美丽、善良依旧存在。在随后的日子里，背负着这个沉重的十字架的苔丝，在人生苦难的旅程上地迷茫地前行着。旅途之中，善良的她只有依靠着被动地忍受，还有随之而来的人们利剑一样的冷眼，彷徨地成长……

活着就有希望。与痛苦的海洋相反的方向是幸福的彼岸。以苔丝的家为中轴线，从川特里奇农场返回后，在痛苦的阴霾中度过了两年时光的苔丝，再次在家人的安排下，走向了她维系家族生活来源的新的工作地点。

这个家人安排之下的新工作地点，是苔丝先前地狱一般的生活环境相反的极致。位于斯陶保小镇方向的农场，是一片广袤的，拥有着成群的，且是各色奶牛的草场。这里景色优美，峡谷秀丽，肥沃的土地上生长着旺盛的青草，孕育着农场主家成群的牛羊。除此，还有来自于奶场工人朴素的衣着，和温和的笑容。在苔丝的眼里，这座美丽的奶场，多了一份温情与宽和，亦少了一份川特里奇农场的冷漠与骄傲。宽松的工作氛围，和谐的人际关系，还有来自奶场周围由浓稠而逐渐清灵的空气，融化了苔丝先前紧锁的眉头。

这里的脾性、品格是与泉水一般清澈的苔丝的内心相吻合的。

也因了这个新环境的缘故，先前，在川特里奇的痛苦遭遇，而使得苔丝那时而忧郁，时而苍白的面庞，被奶场里的一片片欢欣笑语化解了。逐渐从苦难的阴影中走出来的苔丝，还在春天一般轻松的心境之中，唱起了动听的山歌。

尽管花样的人生，在错误的时刻被沾染上了不该有的瑕疵，而且所带来的结果亦是令人痛苦不堪的。但是青春年少，还有时间的打磨，却是可以化解一切苦难的有效可口汤药。除此，美丽，亦可以掩盖一切的丑恶。因此，二十岁的她，那依旧停留在颜面的美丽再次赢得了年轻人的喜爱。她好看的外表，还有那不多但足够使用的知识学养积淀，使得她迅速地在牛奶场的同龄女子中鹤立鸡群，她成了众人关注的焦点。

人生若只如初见。在奶场里挤奶用的普通围裙，打着皮绑脚靴子上来自场子里的泥巴，还有举手投足间流露的教养、孤独、敏感、忧伤、与众不同……是安琪儿给苔丝留下的第一印象。

安琪儿是父亲老克莱尔先生第二个妻子生下的三个儿子中，最小的，而且是唯一一个没有继承他衣钵的老来子。这个希望把自己的生活寄于大自然和农业的儿子，书卷气十足，爱好音乐。他受过良好教育，却不肯进入教会。他生活富足，却藐视权贵。牛奶场里六个月的学徒期，目的是学会各种农业生产技巧，为以后建立自己的农场而打下基础。

而安静的苔丝，是安琪儿在劳作的同时，其他姑娘滔滔不绝的语言角落空隙里，意外地，如新大陆一般地发现的。少许的学校教育，育孕着苔丝的涵养。还有那先天的美丽和优雅，使得她在奶牛场的同龄人群中出类拔萃。原来，这似曾相识的面孔，就是马洛特村乡村舞蹈上，与她擦肩而过的匆匆过客。

一个是藐视权贵的才华横溢，一个是凄楚忧郁的出类拔萃。在相见恨晚的再次邂逅中，因了奶场日常劳作时的朝夕相处，心与心的距离在一点点浸润，一点点靠拢。

草堤上，关于希腊生活的谈话，使二十六岁的安琪儿看到了这个正在采撷“老爷——夫人”花苞的苔丝于眉目之间流露的沮丧情绪。

她处处为自己心爱的人着想。因为害怕自己的过去会玷污心上人，苔丝极力地回避安琪儿，并拒绝他的求爱。但是，二十岁和二十六岁，正是人在生命之树的枝干上，最具活力的阶段，也是最最渴望爱情的年龄。似乎是因了这次重生的缘故，在安琪儿的热切追逐之下，木然的苔丝先前那紧锁的情感闸门被徐徐开启了。

可是，尽管相爱，封建礼教的长久束缚，依旧使清澈的苔丝在情感的十字路口彷徨着。因为，失去贞洁这个沉重的十字架，长久以来，就一直沉沉压制着这个年轻而无辜的女子。在人们的观念意识时，似乎无论起因如何，过错与否，女人一旦失去了贞洁，便如在有罪之人的脸上刺下了终身难以洗去的“罪”字一般，终身都是低人一等。

说与不说？如何向安琪儿说？还有，以一种什么样的方式向爱人告知自己曾经犯的过错？在爱情的种子逐渐占据情感世界之时，苔丝久久地困惑着。陷于恋爱漩涡的苔丝，是真切地希望自己以不加隐瞒的告白，本真地与安琪儿相处的。但是，源于年轻的、纯净女孩子本能的羞涩，使得她同四凤一样，在所爱之人面前，数次欲言又止。

对于既成的事实，还有泉水一般热切的爱恋，其实，苔丝只需大胆地，向安琪儿言明真相，或许，便可以得到对方的谅解。但是，木然的，从没任何人来给自己的人生方向把关的苔丝，

却只能在焦躁之中左右徘徊着。

“天使”一般完美的安琪儿向苔丝求婚了。在激烈的思想挣扎中，还有母亲那谆谆告诫的“富贵人家遇到的负心汉都不曾张扬，你何以要曾张扬？”的来信，令在情感世界里得到了重生的苔丝，在迟迟地犹豫之下勉强答应了。

哑然的苔丝其实是无辜的。结婚的前夕，苔丝在无尽的忧虑中，终于鼓起勇气向安琪儿讲明了她曾经犯下的过错。在安琪儿充满爱和包容的眼里，她的学历不高，喜爱酗酒的父亲，却被臆想成了藐视权贵的武士家族的后代。父亲出于重振家族的考虑，将她送到川特里奇农场……她本想用信件的方式，向安琪儿如实讲明在川特里奇农场遭受“表哥”阿立克强暴，生下孩子而又夭折了的经过，可承载命运之舟的船桨，却偏偏因了风的航向，将这封决定苔丝命运的信件只送到了安琪儿房间的地毯下，直至他们婚礼临近的前夕。

爱，需要真诚，需要宽容，更需要坦白。一位当代的心理学家曾对爱情这样总结：爱情是自私的，是不容许别人染指插足的。在爱情的天平上，没有大度的男人，也没有大度的女人，否则，便不是爱情。同样，在封建枷锁的陈规之下，低估了男人的包容与忍耐的苔丝，在她的新婚之夜，幻想着用诚实换回更完美、更真诚的爱情，得到丈夫的原谅。

没有爱情的婚姻注定是悲剧性的。而掺杂了条件的爱情，同样不会获得真正的幸福。与苔丝结婚的目的只是因为他需要那种通晓田庄管理的女子来帮助他一同管理日后的某个时段自己建立的农庄，在爱的天平上，安琪儿看中的只是苔丝的勤劳，希望苔丝能够成为一个他农庄里理想的管家。而所谓爱的成分，是可以忽略不计的。在安琪儿那流于空灵，又偏于理想化的情感哲学观念里，他因苔丝的美貌诞生的情感，只是闪耀着一道冷静而“没有温度的热烈光环”。所以，苔丝在奶场那刚刚释放开来的美丽笑容，便因了安琪儿臆想的“爱”，又在“处女情节”的五味杂陈中，而凝结成了夏季暴雨，最终再次将她的生活梦想击打得粉碎。

3. 玉殒情销洁入土

母亲教诲的那对于真相的欺瞒的面纱，最终在苔丝和安琪儿的新婚之夜揭开了。似乎是慈爱的上帝，要有意惩罚那不贞的女人们。因此，命运残忍地再次作弄了善良的苔丝。

尽管此前，安琪儿自己也曾和一个不相识的女人放荡地生活过。那原本纯洁的人身经历也是布满瑕疵的。但无论对错与否，道德的天平似乎总是在偏向男人。

这个貌似思想开通，心胸大度，并且曾经还放弃了与门当户对的富家小姐结婚，而热切追求苔丝的安琪儿，只是因了新婚之夜的妻子苔丝那诚实地对自己的过往坦诚的告白，便使这场没有亲人到场，也没有双方家长允诺的婚姻立刻改变了原有颜色。这个满腹学养的安琪儿，用着那“一女不事二夫，但男子可以一妻多妾”的堂皇理由，无情地与苔丝翻脸了。

曾经肉体上的不洁过往，似乎成了安琪儿对苔丝的离开和背叛的绝好理由。因了那“贞洁”二字的羁绊，婚后的他，为了顾及男人的颜面和自尊，白天，他和苔丝佯装幸福，且不露任何婚姻失败破绽地拜访着农场里结识的好友。幽暗的夜色里，夜游神一般地走在他们曾经漫步的流淌着河水的草堤上。他木讷地将苔丝抱起又放下，于梦境中回思着恋爱时分的美好往事。

不知如何面对妻子不幸的安琪儿，在几经惆怅之后，最终选择了逃避。他对苔丝没有任何同情。深埋于安琪儿骨子里的自私、虚伪、冷酷，在这一刻完完整整地暴露了。

随后的日子里，行为、言语判若两人的安琪儿，为了保持自己那高贵的颜面，他既不打算与苔丝离婚，也没有对苔丝日后的生活给予丝毫妥善的安置。有的只是在众人面前始终微笑着，堂皇地快速办理完了一切他在农场、商店遗留的事宜，便逃也似的朝着他先前向往的农业发达的巴西去了。

而悲伤之中的苔丝，面对安琪儿的无情无意，毫无怨言。背负着十字架的她，和丈夫一同演绎这虚假的幸福生活。她在农场里曾经劳作过又因新婚丈夫的婚后生活安排而失去工作的角落抚摸那一个个曾经喜欢的、驯良的奶牛，她默默地接受着她爱的丈夫冷漠的安排，无私地离开了安琪儿。沉默的她，乘着安琪儿为她准备的回程马车回归故里。

奔跑的马车，载着婚姻失败的苔丝穿过了她熟悉的黑原谷。一如几年前，在川特里奇农场受辱一样，苔丝带着满身的伤痛再次回来了。

与十七岁时的回家有所不同的是，在岁月的打磨下逐渐成熟的苔丝，此次的回归理由，是不能向邻里和崇尚门第血统的父亲告知的。因此，“丈夫有事先走了”、“只是回来暂住”的冠冕理由，在母亲的编造下，笨拙地演绎着。

与丈夫安琪儿分手，即是在新婚的八个月之后，苔丝为了减轻家里不堪负重的经济负担，这个自己挎着包、提着篮子的孤独女人，再一次朝黑原谷以西的布莱地港附近的奶场出发了。

自尊，是人最重要的精神需要之一，也是人类在逆境之中保持自爱自处、自强不息和积极上进的内在动力。自尊始于知耻，有了羞耻心，人才能节制自己的行为，不做庸俗卑贱的事情，有尊严地生活；“自弃者不可与有为也。”（《孟子·离娄上》）。生活其实就是一场不断变故和考验的集合。

自小，苔丝便是独立的。她是在有自我意识的中坚人格影响下成长的。自尊，使少女时节便担任着家中主要劳动力的苔丝，在因家中的马死后，不惜抛下一切，前去认那所谓的“本家”。亦才使得懵懂的她，失身于“表哥”那个猎艳高手。之后，她没有屈服于世俗礼教和舆论的压力与“表哥”结合，而是放弃了虽然没有爱情，但可以享受的安逸的生活，决然离去。失身后的她，承受着周围人的白眼还有父母的责骂，甚至连教士都歧视她。为了使那个因强暴而生下的孩子在死后灵魂得以安宁，她不顾触及亵渎教规的禁令，自己动手给孩子施洗礼。此后，她痛苦地离开了那个让她备受屈辱的地方，为的只是让贫困的家族脱离经济困境，同样也是为了维护自己那卑微的自尊。因此，被丈夫遗弃后的苔丝，在众人面前是绝口不提安琪儿出走一事的。她将丈夫留给自己作为日常生活所需的大部分费用给了父母作生活补给。在离开奶场之后的日子里，不甘贫穷，且不愿向安琪儿父母伸手的苔丝，尽管不断地遭受着新的痛苦，受着曾经挨过安琪儿拳头的富农的白眼和欺凌，干着不堪负重的男人一样繁重的体力劳动，但是，勇士一样意志坚定的苔丝，却是在用自己的实际行动捍卫自己的尊严。“我想，这对你也没什么关系，反正都是计件的活，我们是干多少活拿多少钱。”善良的苔丝为自己赢得了独立的人格，用她的坚强，勇敢，表达了她于困难面前的无畏和反抗。

爱一个人，便是为这个人无私地付出。不因金钱出卖爱情、出卖灵魂的她，在用劳动恪守着自己微小的原则。对爱情抱着一线希望的她，在漫长的等待中将先前简陋的服装换作了更加朴素的粗衣；美丽的脸蛋在手帕包裹下，而遮住了一大半；那整齐浓密的眉毛也已被自己拔掉了。因为爱情不在自己身边，没有保护就要把自己永远往丑里的打扮，为的只是盼望着断然离去的丈夫有朝一日能够回心转意。

爱就爱，不爱就不爱。将爱的界线划分经纬分明的苔丝，是生生地将金钱与爱情分隔开来的。保持了自主人格的她，不甘心被生活打败，被舆论所左右，她自爱自重，把自己的痛苦隐藏起来，毅然离开家乡，用行动来对抗传统的贞洁观。她没有像现代许多人那样务实，为了金钱，而出卖至尊至贵的灵魂。也没有因金钱，甘愿做富有人家的金丝鸟雀。逆境之中，她凭着自主独立精神和蓬勃的生命力，完成了对自我生命过程的再一次超越。

这种过度的自尊，同时也在某种程度上，使苔丝原本正常的生活轨迹伴随着沉重的生存压力，而偏离了正常的轨道。

尽管新郎在夜婚之夜断然离开了，而且，在随后的日子里，仓促决定之下的安琪儿父母也还没有与这个已成事实的儿媳谋面，但因已经具有了法律效力的婚姻关系，苔丝是可以主动前去慰问或者拜访的。但因过度的自尊和腼腆她没有去。这也给了先前强暴过她，而现在又在老克莱尔牧师的改造下，成为回头浪子，且成为了拯救人类灵魂的牧师的冒牌表哥杜伯维尔可乘之机。生活的沉重压力，还有那虚荣、无所事事父亲的突然离世，为了解脱母亲和五个弟妹无处安身、无经济来源的窘境，万般无奈之下，苔丝只有和她不爱的杜伯维尔同居了。

4. 胧月晴空风却寒

压抑、忍让，如脓疮一般长久地在苔丝的体内淤积着。这如生命的河流之中，不断淤结的厄运，是在父亲和母亲对富有生活臆想，而企图促使着懵懂的苔丝前去认所谓的“本家”，结果被冒牌的“表哥”掠夺了肉体灵魂；还有知晓真相后，那不负责任的丈夫断然地遗弃等等，种种不幸，一齐汇聚而成的。

因了这个脓疮毒素作用的使然，精神和生活同样困苦的她，不得不在沉重的劳作中低下了她美丽的头颅。黑暗的人生旅途漂泊之中，她默默地接受着人们利剑一般的冷眼。为了祈望与所爱之人有朝一日的团聚，她从一个农场，辗转于另一个农场。纤弱的她，在农场富农们的左右为难之中，干着于自己身体数倍的体力劳动。

金钱的力量不仅能使高贵的人更雍荣华贵，也完全可以使卑贱的人、腐败的人堕落。那长久地困顿于黑暗之中的绝望，烈火一样，再一次地炙烤着苔丝的苦难。在与安琪儿分手之后，那个虚荣的，却也是这个贫困之家顶梁支柱的父亲去世了，因此，三代人典房的契约也到期了，苔丝的母亲和弟妹们流落街头。为了全家人的生活着落，她在孤独、悔恨、愤慨、绝望中，且在冒牌的杜伯维尔“表哥”丰厚的金钱诱惑下，只得再次与这个人共同生活在一个屋檐之下。

生活似乎因此可以这样平静地继续下去了。缺少了爱情元素的滋养，白开水一样地平淡寡味的生活，至少是安静的。那曾有的脓疮，亦可以就此停止生长，直至苔丝青春的容颜老去，直到她不再留驻于人世。

然而，苔丝那在遥远的巴西的丈夫安琪儿，在经历了一系列的苦难之后，终于良心发现了。他似乎终于明白了自己的行为是如何恶劣，于苔丝如何的不公。

没有爱情的婚姻，本就是乏味的。加之这建立在现实条件和强暴之上的委身丁人，一如困顿在牢笼里的恶兽。因了那光明的自由的诱惑，还有恶兽本身的气力使然，这头被脓疮所充斥的恶兽，便在苔丝那苦心等待的爱人安琪儿再次的出现之时，将淤积在苔丝体内的命运脓疮轻而易举地捅破了。

哈代曾经说过：“最好、最崇高的悲剧是有价值的东西，为不可抗拒的力量所毁灭。”因了这个投机商人不义之举所取得的富有，还有那同样劣迹斑斑的父母的虚荣，原本可以正常的人生轨迹就这样在自己的无知之中毁掉了。因了这个冒牌的“本家”禽兽一般的举动，那个在强暴之下出生的孩子，在没有给洗礼的情况下，就凄然地死掉了。因了这个负心的男人的恶行，刚从爱情的坟墓里困难爬出的弱女子却因曾经“不洁”

的历史，再一次被打入了冷酷的生活地狱。并在人们的冷眼、流言蜚语还有亲友的远离之下低贱地活着。还是因了这个趁人之危乘虚而入的同居之人，自己苦苦等待的心爱之人，再一次离她而去了……

愤怒和长久的忍耐，在这一刻，终于化作了喷发的火山。在餐刀的刺激下，这个柔弱的女子，用结束他人生命的方式，发泄着她对改变自己人生轨迹的杜伯维尔的强烈愤懑。

或许，是上帝对这个可怜女子特赦并悲悯，他们在荒漠的原野里得以度过五天的逃亡生活。这短暂的相聚，为苔丝弥补了曾经该拥有，但却失去的一切甜美、幸福。

此刻，她与安琪儿的爱情，似乎只有黑暗的夜色才能显现。从道德的受害者沦为了法律的罪人的他们，相依相拥地从厚厚的干枞针上信步走着。为了避开追逐而来的警察，他们沿偏僻的小道往太阳的北方走去。他们在没有人注意的酒店买来了足够七八个人吃的酒和食物。他们在黎明的森林里亡命奔跑。乘着夜色，偷偷地潜入装着百叶窗，且没有人居住的空阔而幽暗的房间，在那里快乐地温存、相拥。五个日夜的逃亡，和那黎明前长久的黑暗过后，这短暂的幸福随着初生的太阳升起而终究消失在大自然的云层之中了。这个美丽而可怜的女子，最终，在法律的审判和生命的祭坛上凋谢了。

泉水一般清澈的女子，在当今这个时代似乎已经凤毛麟角了。纵观苔丝的一生，她那昙花一般的美丽，最终的结局也似乎是无情的命运捉弄使然。但是，无辜的她同样是在封建礼教之于女性“贞操”观念的十字架下被无情扼杀的。

在现代汉语里，“贞操”一词，指的是封建礼教所提倡的女子不失身、不改嫁的传统道德。就它本身而言是人类社会传承的精华，男性不可三妻四妾，女性也必须严守贞操。

明代福建提刑按察司检事章懋曾在《吴烈妇诗序》所言："故裙襦之中，亦有能闲礼义，守贞操，不降其志，不辱其身，临大节而莫夺，赴水火而如归，若吾乡吴烈妇者。"《古今图书集成》所举各代节妇烈女：唐代为51人，宋代为 267人，明代260年间有记载的节妇增至27141人，烈女8688人。烈妇观不仅是让那些节妇烈女们自愿引颈就戮而不觉其苦，也是砍向那些所谓"失贞"、"失节"妇女的一把利刃。

在长久以来的封建礼教熏陶而成的婚姻和爱情的法则里，是没有大度的男人，也没有大度的女人可言的。否则，便不会出现一幕幕的婚姻悲剧。看看那一则则羞涩地隐藏于广告丛中修补处女膜的广告，其实便是人们对贞操以及大度态度的强烈

考证。还有那某征婚启事中，一成功人士欲征一“知书达礼的知识女性为偶，确属处女，小学文化程度亦可考虑”，其实也能看到封建遗毒至今在人们观念中残留。

维多利亚时期英国社会的女性“贞操”观，到底体现在何处？是生理上的，还是精神上的？哈代给予的答案是不言而喻的，即贞操是从丰富和专一的爱情里提炼出来的宝贵资产。

在信息爆炸的今天，被各种欲望所支配的人们，盼望的是自己可以“红杏”出墙，又求别人贞洁，希望女子人人守身如玉。一夜情、同居、试婚、婚外恋一度成了某些现代人的时尚。为了追逐金钱与名利，那本是美好的爱情和忠贞，在人们的道德观念里已经成了一毛不值的廉价货。为了金钱，道德伦理、骨肉亲情可以演变成刑事犯罪、重大案件等人间惨案；为了名利，“一脱就红”者也不乏其人，这些以极度出格的炒作举措来换得公众注意的人，终究是令人不齿的。

苔丝的时代已然走远，我们还是要给世人一点提醒：走入婚姻殿堂之前，真正的纯洁、检点和克制，才是营造幸福婚姻殿堂的牢靠基石。亦是那健康而阳光的人生，所必须具备的元素。

陆　最险的迷局，你能逃遁几许

Chapter Six. Carmen

姓名：卡门希达

出处：《卡门》——梅里美

身份：强盗、走私犯、诱惑男人走向堕落深渊的罪魁祸首

人生格言：这个世界上何曾有爱，那个薄如蚕翼的“情”字，怎比满箱的金银实在

千钟岁华，一池乱鸦。休言伤感别家，可怜成旧疤。
翠绡彩霞，斜阳华纱。愁怀梦醒烹茶，已然成落花。

——醉太平·彭娇妍

诱惑，其实就是一味醉人的毒药。这毒药一旦把谁相中，意志薄弱者，便会在不断的沉沦中，丧失自我、放弃约束、藐视法律，直到献出生命……

为了尽可能地利用这个英俊、帅气且有价值的卷烟厂治安警卫班长的一切弱点，通晓世事人情的沙漠狼毒花一样的她，用那风骚的举止，拙劣的妆扮，于大庭广众之下将猎物般的唐•约瑟轻而易举地捕获了。

美色的诱惑下，病入膏肓的唐・约瑟被她深深迷恋着。为了爱情，他睁一只眼闭一只眼地纵容着她将自己职责范围内城墙的缺口处，当作走私的便捷渠道。在不断增长的荷尔蒙作用下，于激动之中，他甚至杀死了自己曾经任职的连队副官。人格一步步下降，沦为了强盗和走私犯的唐・约瑟，也为卡门及同伙大开了法律的方便之门。

虽然罪不可赦，良心还没有彻底泯灭的唐・约瑟，与她开始了与正义有关的争吵。远大前程破灭的懊恼，深爱之人不忠的嫉妒，还有长久以来积存于唐・约瑟胸中的狼毒花毒素，令他手中愤懑的屠刀刺向了她……

1. 狼毒花美却风残

因了那个诱人金表的蛊惑，和一直以来在考古、研究时简朴却得体的装扮所散发出来的独特气质，身为作者、卡门故事聆听者的“我”在科尔多瓦的瓜达基维尔河畔，吸引了分外妖艳的卡门。她先是用茉莉花的芬芳诱惑着“我”迟钝的感官，继而用朝我要烟味柔和的雪茄香烟的借口，主动与“我”搭讪。

在她的慢慢诱惑之下，“我”主动邀请她到“内维利亚”去冰饮，待天完全黑了的时候，我们又在市郊尽头的一个房子里停了下来，她用旧了的纸牌、一块磁石、一条干瘪了的变色龙之类的东西佯装给“我”算命。在万分的侥幸中，已经成了卡门手中猎物的“我”，却没有被这个狡黠的女强盗掳去性命。

也因了先前“我”的慷慨和友好，在到达多明尼各会图书馆的路途中，“我”与卡门的猎物之一，强盗唐·约瑟偶然相遇，以交换雪茄方式示好，并以及时向他报告“我”的向导出走，使“我”在性命攸关的最最紧要关头再次安全地脱离险境。

卡门，那不知起源于何处，又从何时学会的邪恶本领，在“我”沦为她手中的猎物之前，就已经熟练地在唐·约瑟的身上上演了。

卡门的存在，一如生长在茫茫沙漠里的狼毒花。像火柴头一样的红骨朵，开放的是一种白色的花。它是草原蜕变成沙漠的最后一道风景，也是能够致人死亡的魅惑之花。狼毒花一般模样的卡门，我行我素地游荡在塞利维亚的城市中间。

贵族出生，有着远大人生理想和追求的巴斯克人唐·约瑟，虽然在涉世之初因酷爱玩网球与人打架，而不得不背井离乡。但是，很快在悔悟之中醒来，并且成为了阿尔芒轻骑兵队伍中一员的他，立刻在兵营中找到了自己的人身坐标。在军营中，积极向上的唐·约瑟怀揣着晋升中士的梦想，忠实地守卫塞维利亚卷烟厂及周边的治安安全。作为负责卷烟厂及周边治安保卫工作的警卫室队长，在日常的站岗和巡逻过程中，他有别于别人在执行任务时打牌、打瞌睡、开小差等种种劣迹，而是尽职尽责地认真看守、仔细巡逻。平常时分他也是安分地在一旁，且不加干扰地用一根黄铜丝做那种系在火铳通针上的链条来打发余下的时间。他的认真和尽责，是为上级、同事、战友所认可的。刚刚被提拔为轻骑兵队队长的他，目前又为上级所看好，在朝着中士的目标努力着。

但是，那个潜伏于卷烟厂四周的卡门，娴熟地玩弄骗人的巫术，她便如发现新大陆一般，将唐·约瑟这个本分老实的男人列入了自己捕猎的范围。

谙熟男人弱点的卡门，深知美色和女性的风骚是垂钓男人的最好诱饵。因此，为使这个理想的猎物顺利地钓上自己的钩，从穿着上便费尽心思的她，先用那非常短的红裙子、火红色的缎带、摩洛哥式的小红皮鞋，还有露出的双肩、别在衬衣上的金合欢花，以及走路时扭动的腰肢，熟练地应对着别人送来的一句句打情骂俏的恭维话语，以引起唐•约瑟和更多男人的注意。

然后，她用垂钓“我”时所用的伎俩，借着索要他精心打造的链条为借口，主动与公务在身的唐·约瑟搭讪。此时头脑尚处在清醒之中的唐·约瑟，是鄙视卡门那风骚、且淫荡无耻的种种作法的。当别人在忙着顾盼卷烟厂里的女人时，骨子里带着些许伤感情绪的唐·约瑟，则是靠在门边上思念着自己的家乡。他不相信不穿蓝裙子、没有两条发辫垂在肩上的波希米亚姑娘，会有自己家乡女子那样漂亮的脸蛋，他也更不喜欢她们那种光开玩笑、过于张扬的性格。他将行走于眼前，并有别于自己理想爱人形象的女子一概排除在外，且将所有的心思倾注在了自己手中用来安装在火铳通针的链条的打造上。

富贵不属于你，你如何强求，也不会来。恶运看中了你，任你如何躲避，也总会与你相左右。已将唐·约瑟作为捕猎目标而紧紧锁定的卡门，起先在静态之中观望，并努力搜寻这个英俊的轻骑兵队队长的一切弱点，以便在恰当的时候寻找可乘之机。

随后，找准了挖掘对方思想防线为突破口的卡门，便在卷烟厂大门旁的警卫室，目无旁人地口衔金合欢花，极端挑逗地将口中的花朝着唐·约瑟一弹。被卡门施了魔法一般的金合欢花正好打中唐·约瑟的眉心。

花慢慢地落在了唐·约瑟两脚正中的地上。如同被子弹打中一般的他，虽然在潮水一般的嘲笑声中显得如此地无地自容，但是他的内心深处，卡门的轻轻一弹，唐·约瑟就像中了狼毒花的毒素一般，原本那鲜活的、正直的灵魂，便迅速地处于麻醉之中，并朝着死亡的大门大步靠近了。

在唐·约瑟破损了的思想堤坝的缺口，卡门找到了攻陷他的机会。为了发泄对工作伙伴跋扈的态度和嚣张语气的稍许不满，她用工作时切雪茄烟的尖刀在对方的脸上划了一个又长又宽的圣安德烈十字形状的伤口。

在审理、羁押此案的过程中，卡门在唐·约瑟的面前将头巾裹在头上，佯装温顺的羊一般听任着他的处置。她用“我心爱的朋友”等好听话语，同正在执法中的唐·约瑟攀附老乡的交情。为使唐·约瑟相信自己可怜的处境，她用跑了调的巴斯克语编造着自己在烟厂工作，是希望挣些钱回纳瓦尔去孝敬自己唯一的母亲。为了从唐·约瑟手中顺利逃跑，她又用“如果我推您，如果您跌倒了，我的同乡”等等暗示性的语言，教授着唐·约瑟如何帮助自己逃跑的方法。

因为帮助卡门成功地脱逃、因她的逃跑被革去了职位、随后又被判处一个月之久的监禁……如此种种，似乎离女无赖和走私贩们所要具有的“品德”还相去甚远。于是，狼毒花毒素继续浸透，卡门，这个撒旦的女儿，再一次向原本洁净的唐·约瑟伸出了罪恶的推手。一个月监禁之后，卡门再次向降级成为上校门口站岗哨兵的唐·约瑟发出了邀请。她用头巾裹住自己的脸，用先前送进唐·约瑟监狱里的两枚金币买了橘子、面包、香肠、芒扎尼拉酒；再用唐·约瑟所剩的一枚银币和一枚铜币挑了最好、最贵的甜鸡蛋黄、牛轧糖、渍水果等物什，在冈底雷约街的一座旧屋里，纵情地挥霍着对方的所有欲望。

二人独处的一天时光，卡门“你是我的罗姆，我是你的罗密”一声声纵情歌舞的迷惑，她孩子似的胡乱玩弄处在深渊边沿的唐•约瑟，让他最后残留的一丝善良和廉耻心也荡然无存了。他与强盗、走私犯已经别无二致。

2. 魅惑丛生藏阴霾

强盗并非生来就是强盗。就如刚刚出生时白纸一样的孩子，除却在母体之内父亲和母亲决定的遗传基因之外，他们的思想、喜怒还有行为能力亦是由后天因素所决定的。

卡门久久地盘踞，并迟迟不肯离开的塞维利亚，是西班牙安达鲁西亚自治区和塞维利亚省的首府，都市人口约一百三十万，是西班牙第四大都市，也是西班牙唯一有内河港口的城市。

历史上，以盛产谷物、葡萄、油橄榄、棉花、烟草和羊，为农产品加工和集散中心的塞维利亚，曾是一个重要的港口，即古都塞维尔。古代又称巴罗斯港。这片富饶之地，意大利人克里斯托弗•哥伦布曾于 1492 年 8 月 3 日，奉西班牙国王之命，从巴罗斯港出发，率领探险队西行，横渡大西洋。而西班牙的船队从新大陆运来大批黄金、白银，也是通过塞维利亚转运往欧洲各地。1492 年，哥伦布发现美洲大陆后，塞维利亚的“印度群岛（即美洲）交易之家”，垄断着整个西班牙的海外贸易。历史的风云不断变幻，因“交易之家”于 1717 年迁至加地斯后，

又于1928年呈现生机的瓜达尔基维尔河经过疏整，使塞维利亚市又恢复了海外贸易。

巨大的利益驱动，还有便利的交通枢纽，一如位于东南亚泰国、缅甸和老挝三国边境地区，以盛产、贩卖毒品著名的“金三角”。在这里，因了这些巨大利益诱惑和有利地势，卡门、独眼龙加西业、唐加伊尔等等这些铤而走险的人们，使用着不同的招术，在此盘踞着，跃跃跃欲试着。

为了顺利实现他们罪恶的走私行径，卡门、加西亚、唐加伊尔之流，尽最大可能地挖掘着警卫人员自身的、与他们相关的人士的喜好、个人条件和家庭环境等一切的弱点。

其实，正义与邪恶的距离仅仅只一步之遥。曾经担任过骑兵队队长、卷烟厂治安警卫队班长等职的唐·约瑟，深谙罪犯的防范心理，熟知犯罪的逃脱方法。同样，在他向作者“我”陈述的堕落过程中，似乎也没有听到上级对边防人员的思想意识作如何教育。

人的堕落，不是一蹴而就的。起初，对于卡门要求唐·约瑟帮助自己和同伙时，良知尚还稍有留存的唐•约瑟断然拒绝。在正义面前，大义凛然的他还大声地向来犯呵斥：“走开！这儿禁止通行”、“我不能让他们过去，这是命令”。

但是很快，唐•约瑟的态度又迅速改变了。在这场情与法的较量之中，思想的防线本就不太牢固的唐•约瑟，因英俊、潇洒而成为卡门的目标，又在卡门那拙劣的演技、破绽百出的方言、风骚得令人划十字的行为，还有她的美色的诱惑之中，坠入罪恶的泥潭。

捉住对方软肋的卡门很快搬出了他们在冈底雷约街的风流往事，且以不予答应便移情他人相要挟的方法，来继续垂钓已经深深迷恋上卡门的唐•约瑟，并使他最后的一丝道德防线被彻底击垮了。污秽之中，没有任何挣扎与反抗迹象的唐•约瑟，在卡门的央求下，利用守卫城墙缺口的职务之便，睁一只眼、闭一只眼，且作掩护状地使卡门的五个同伙扛着英国走私货物，畅通无阻地通过了本是严加防范的边防关卡。此次的走私活动，他获得了一个杜罗的酬劳。

都说女人是感性的动物。为了爱情，女人可以置理智、道德、法律等等一切于不顾。可是，对于卡门而言，她似乎是万千个感性女人中的异类。在土壤里吸取养分，向大自然的一切释放毒素的她，或许从来都没有把爱情当一回事。爱情和男人，只是卡门走私过程中的工具和生活的调味品。

在卡门的眼里，地位卑微的唐•约瑟，可以利用的价值是如此地微乎其微。和唐•约瑟的上校、中尉相比，从塞维利亚卷烟厂警卫室班长降职为守卫兵的唐•约瑟，除了在执勤时对于将要通过的走私犯人给予通行、掩护作用外，其余别无他用。

阴谋得逞了，为了快速甩掉这个失去利用价值的唐•约瑟，卡门一改往日那满脸的温情和妩媚，直言自己并不喜欢唐•约瑟做事的方式、他还向自己讨价还价等等，大声地数落着，声明自己已经不再爱他了。借此，也向他表示二人的交情就此结束。

与女人中的异类卡门相比，本应理性的唐·约瑟，却在爱情面前迷失了自我。也许是这个诱饵过于地可口，卡门的那一个又一个破绽百出的骗术，竟然也使唐·约瑟如浸蜜糖一般地沉迷着。痴情于卡门的唐·约瑟要的是正常人的生活，还有从一而终的爱情。进而他通过种种的努力要使卡门停止那犯罪的勾当，并希望自己的包容和感化能使卡门远离这个利益纷争的三角地带，和自己一道到非洲去过那与世隔绝的普通人生活。他天真地认为，自己和卡门有了几次的交往，还有冈底雷约街一天一夜的亲密相处，卡门便是自己的“罗密”了。

因此，卡门的绝交，令这个堂堂的七尺男儿开始在城市里漫无目的地游荡；他在教堂的最暗的角落，黯然流泪。他把整副身心都托付给了为获得罪恶利益的卡门，但愈是忍让，愈会变得低贱。这伤感的眼泪并没有换来卡门半点的回心转意，这一滴滴伤心的眼泪，除了启发她可以在捕获猎物时，作为感化男人武器的灵感之外，灵魂深处，卡门坚硬的心依旧顽固。

他知法犯法地帮助犯下了严重伤害罪的卡门成功逃离法律的制裁；他助纣为虐地帮助她成功地从城墙的缺口运走了一批又一批数量可观的货物。为了这个女人，他亲手用刀刺死了自己的上司，成为了沾有血案的杀人犯；还是为了这个女人，在运送走私货物的途中，他亲眼目睹了他企图救助的同伙雷蒙达多，被卡门和她的丈夫用短铳如同结束手无寸铁的小鸡儿一样，将受伤的脸打得血肉横飞……唐·约瑟除了丢失了本应远大的前程，还丢失了充满热血的正义灵魂。

在卡门的一再暗示和授意下，不知不觉的沉沦中，唐·约瑟侨装成卖针线杂货的商贩，进行着秘密地走私活动。身强力壮，且行武出生的他，以黑帮老大的姿态在子弹纷飞的山林之中，打劫路过于此的，有着丰厚钱财的英国阔佬。他踩着纳瓦尔的步伐，用尖刀轻松地结束了卡门费尽心思从监狱里救出的独眼龙加西亚的性命。他被这支有着数十人之多的走私打劫的团伙成员当成上帝一般膜拜着。在罪恶的王国，曾经义正词严的唐•约瑟，俨然人性的荒漠之中，另一株生长得分外旺盛的狼毒花。

3. 薄雨晴天笑颜浅

仿佛自古以来，雄性就是大自然中争斗并统治一切的主角。为了吸引异性，达到传宗接代和排他的目的，时刻充满战争因子的雄性，便不惜使出伪装、欺骗、决斗等一切尽可能的办法，使异性统统地据为己有。

地球上，作为“万兽之王”的狮子为了统治领地，更好地繁衍自己的后代，在外型上，它们用淡棕色、深棕色、黑色等一直延伸到肩部和胸部的长长鬃毛来吸引母狮的注意。群居的它们为了防止外族的雄狮对雌狮的占有，一般会在每天晚间狩猎前和黎明醒来开始活动前咆哮一番，并将尿液排在灌木丛、树丛或者干脆排在地上，或者在经常行走的通道上留下这些有刺激性气味的标记宣示自己的领地范围。更有甚者，在狮群首领更替的时代，年轻的雄狮会向当前的狮王发起挑战，取而代之后，前任狮王会落荒而逃，还有的前任狮王的幼仔要无一例外被新狮王全部杀害。

同样也是因异性的吸引，在美色的诱惑之下，有的人会付出惨重的代价，春秋战国时期的吴王夫差便是如此。

越王勾践三年（公元前494年），夫差在夫椒（今江苏省吴县西南）击败越国，越王勾践退守会稽山（今浙江省绍兴南），受吴军围攻，被迫向吴国求和，勾践入吴为质。勾践归国后，时时不忘灭吴雪耻。他卧薪尝胆，任用范蠡、文种等人，改革内政，休养生息。勾践针对“吴王淫而好色”的弱点，与范蠡设计策在临浦苎萝山觅得浣纱的女子西施。西施天生丽质，禀赋绝伦，就连她皱眉抚胸的病态，亦为邻家的女儿所模仿。加之在越王宫中三年时间的歌舞、步履、礼仪的训练，西施在华丽适体的宫装映衬下，待物接人大方得体，加之她的娉婷身材，翩翩风姿使得吴王见到后心神摇荡。

得到如此的美女，吴王夫差大喜。为了讨得美人欢心，吴王在姑苏建造春宵宫，筑大池，池中设青龙舟，建造了表演歌舞和欢宴的馆娃阁、灵馆等，日日与西施嬉戏。西施擅长跳“响屐舞”，吴王又专门为她筑“响屐廊”，用数以百计的大缸，上铺木板。为了勾践东山再起的西施脚穿木屐，裙系小铃，翩翩起舞。士大夫们如醉如痴，沉湎女色，不理朝政，进而走向亡国丧身的道路。

一如沉溺于美色的吴王，唐·约瑟的沉沦，便是被卡门那煽风点火一般的虚假情爱一点点燃烧了。

雄性的求偶炫耀就好像是参加一场体育比赛，只有取得好成绩才能得到繁殖的机会。为了从别人的手中夺回并独自占有卡门，荷尔蒙分泌旺盛的唐·约瑟消防队员一样地守护着卡门，疲惫地制止着卡门一次又一次的出轨。

起初，对于卡门的妖艳打扮和荒唐行为，唐·约瑟是厌恶的。但是后来，在卡门的主动献媚、挑逗之下，唐·约瑟本来牢固的思想防线一点点地松懈了。他放走了犯罪的卡门，被降了职务，还蹲了一个月的监禁。其实即便这样，对于卡门也谈不上是爱情。

随后不久，唐·约瑟被安排在上校的门口站岗。当他看到打扮妖艳，全身镶着金片、插满鲜花、飘着饰带的卡门在上校的内院被军官们肆意地调戏，其实，这本与唐·约瑟并不相干。也正是因为亲眼目睹了这些军官对卡门的种种不雅举动，男人那强烈的占有欲便点燃了埋藏在唐·约瑟胸中的嫉妒之火。此时，醋意顿生的唐·约瑟恨不得冲进内院去，用自己手中的军刀，捅穿那些向卡门献殷勤的军官的肚子。

如果说，在冈底雷约街与唐·约瑟的单独相处，是卡门对唐·约瑟帮助自己逃跑的报答，那么几个月之后，再次在执勤中相遇，便是他们命里注定的缘分了。为了见到卡门，唐·约瑟每天到冈底雷约街不下二十次。在焦急的寻觅中，当唐·约瑟见到同卡门一同回家的，是自己以前曾经任职部队的骑兵队

中尉时，心里气得直冒火。唐·约瑟与中尉开始了激烈的争执，在追逐中，他用刀刺穿了对方的身子。

当唐·约瑟知道卡门是结过婚的，而且丈夫就是她费尽心思从监狱里救出的独眼龙加西亚时，外表平静，但内心醋意翻腾，唐·约瑟从骨子里愤怒了。为了独占卡门，乘着在直布罗陀的劫掠计划，唐·约瑟在松果生起的旺火前，踩着纳瓦尔的步伐，用刀轻而易举地将同样拿着刀，踩着安达卢西亚步伐与之决斗的独眼龙加西亚的生命结果。

唐·约瑟的举动是如此疯狂，也没有让一向崇尚自由的卡门有所觉悟。不知悔改的她，依旧在金钱和利益的驱动下，向富有的男人挑逗着。

在马拉加，卡门又勾引上了一个富商。得知消息后，如同热锅上的蚂蚁的唐·约瑟，因此也不顾同伴唐加伊尔的左右相劝，并冒着被警方抓获的危险，在大白天只身赶到了马拉加。当得知科尔多瓦有斗牛比赛，之前已感知卡门与斗牛士有着些许瓜葛的唐·约瑟更是火冒三丈，他疯了似地赶向科尔多瓦，要求卡门同自己一道到美洲去规规矩矩地过日子。

“得成比目何辞死，只羡鸳鸯不羡仙”。卡门其实也是渴望平静的生活的。正如唐·约瑟一次又一次向她祈求的那样，她亦向往远离塞利维亚，到新大陆去过安分守己的日子。

她是一个敢于追求爱情的女子。从唐·约瑟、中士、富商、到斗牛士吕卡她都爱过。可是爱对她而言，似乎都是心血来潮，有的还是建立在索取金钱的过程之中的。她想爱就爱，想恨就恨。而且热潮一过，爱情也随之消失了。在这众多的繁星一般转瞬即逝的爱情当中，她其实是同唐·约瑟爱自己一样，深深地地爱着英俊、结实而富于智慧的唐·约瑟的。心里一旦有了爱，女人便失掉了自由。“你知道吗，我的孩子，我认为我有些爱上你了！”“我已经三番五次地从咖啡渣里看出，我们会一道完蛋的。”

斗牛士吕卡的出现，让她对唐·约瑟宣称“我不再爱你了”。这或许只是卡门为掩饰自己爱情的又一谎言。如果她真的放得下这份情，那么她便最彻底地解放了。她依然可以谎话连篇地去骗其他的男人，依然鬼灵精似的把束缚她的所有东西踩在脚底远走高飞，依然可以把唐·约瑟远远地抛在一边，再去爱别的男人，甚至直接杀死或雇人杀死唐·约瑟这个与她纠缠不休的男人。可是，她没有对其中任何一种假设付诸实践，而是乖乖地守在他的身边，等待着唐·约瑟手中满含失望、激动和愤怒的刀刺向自己……

这场爱情博弈之中，唐·约瑟是在用一再地堕落和沉沦，来换得心上人良心的苏醒的。而卡门则是一再用她虏获的爱情，来追逐她所向往的金钱、财富。因为她的清醒和别有用心的目的，所以，在这些繁星一般的男人和所谓的爱情面前，卡门大获全胜了。但是，因了唐·约瑟的执着和真诚的爱情的感化，在正义与邪恶的较量中，卡门终究还是失败了。或许，在卡门的内心深处，她同样在向往安分守己的生活。但是，此前已经在自由的原野上奔跑得太久远的她，只是害怕这自由一旦停驻，便将会进入一个永不自由的无期深渊。

4. 纷繁寥落凭谁问

花样年华的卡门，终于在唐·约瑟的尖刀之下死去了。但她的死似乎并没有令人感到多少惋惜和悲痛。

因为有了这个邪恶卡门的存在，唐·约瑟、独眼龙加西亚、英国上尉、唐·约瑟的中士无一避免地统统成了卡门走私犯罪的工具。还有，在唐·约瑟临刑前静静地倾听他犯罪心路历程的作者“我”，在考察安达卢西亚就有关蒙达之战中恺撒最后一次与捍卫罗马共和国的战士们进行殊死一搏的古战场遗址所在时，因那一身上等人的装束，还有那块耀眼的金表的缘故，也差点成了卡门劫掠过程中任她宰割的羔羊。

在正义面前，还是因了卡门的存在，繁华的塞维利亚本应所有的良好社会治安秩序，长久地如被一颗巨大的毒瘤所占据着。曾经，这个以谷物、葡萄、油橄榄、棉花、烟草、羊，造船、飞机、机械制造业、电器、石油化工生产、棉毛纺织、卷烟与食品加工业等诸多产业繁荣的商贸集散地，一度成了卡门走私和抢劫的温床。她的存在，危害着社会的安定，扰乱着正常的秩序，惊扰着塞维利亚人民以及过往的商贾游客的生命安全。

自此，在人性和道德的荒漠上，因唐·约瑟手中愤怒的尖刀，再加上那分泌旺盛的荷尔蒙作用，而甘愿堕落、藐视神圣法律的走私行动由此也停止了。

不禁令人想起了当下人们在纷纷议论的网络红人苏紫紫。

1991年，出生在湖北省宜昌市的苏紫紫，在3岁时父母便因故离异，且各自组建了家族。无依无靠的她，是在爷爷和奶奶呵护下长大的。后来，又凭着天资聪慧考上中国人民大学。学习之余，因为生活压力迫使，她便以每场五百元报酬的价格当上了全裸体模特。中国最高学府的学生、社会洪流中的“裸模”，这两个天壤之别的身份，让90后的苏紫紫（艺名）陷入了是“展示美”还是“伤风败俗”的争议漩涡。

原来，早在2009年，苏紫紫的奶奶因实习护士打错了针，导致下肢皮肤腐烂、神经系统损坏，从而失去了重新站起来的希望。当年考入中国人民大学的苏紫紫为了筹得自己上学的学费，还有奶奶看病的住院费，无依无靠的她只得四处兼职赚钱。不仅是为了赚足自己的生活费，她还要每月给奶奶汇至少500元的医疗费。

这个为了追求艺术和生活自由，且曾于2007年参加过模特大赛的美少女，因了生活压力的逼迫，在人们潮水一般的质疑声中，给自己贴上了“叛逆的艺术少女”的标签。同时，她也用“形体艺术不是色情”、“生命需要的是相互尊重”、“用是否脱衣服来作为色情的判断标准，显然没有把人当人看”的特立独行实践，诠释着自己之于艺术的自由价值观念，并坦然地面对着勇敢展示美的过程中，遇到的一切困难。

在文明又宽容的现代社会环境下，某种程度上讲，苏紫紫是幸运且真正自由的。

而曾经的卡门，是一匹谁也无法驾驭的野马。即使她的丈夫、情人，对她的所思、所想、所为也难以掌控。

人尽可夫的她，在丈夫入狱被捕期间，并没有恪守已婚女人所应恪守的道德戒律。而是如花丛中的蝶儿一般，与唐·约瑟、中士等不同的男人肆意周旋。在冈底雷约街与唐·约瑟亲密如同恋人一般超越着男人和女人的界限。故事的最后，当手拿尖刀的唐·约瑟要将深陷道德污秽泥潭的卡门解救出来，同他一起远走高飞，去过安定的日子时，“我要的是自由，爱干什么就干什么”、“不自由毋宁死”的卡门，在大喊大叫中，跺着脚拒绝着唐·约瑟的拯救。

爱情亦如自由，但似有若无。似乎只有拼命地侮辱和否定，才可以置之死地而后生。被卡门的巫术蛊惑的唐·约瑟，是爱卡门的。渴望得到卡门爱的唐·约瑟，在卡门的若即若离之中，失望地流下了悲伤的眼泪；为了守护那飘乎不定的爱情，他与独眼龙加西亚决斗。他在不知不觉的堕落中，成为了于社会所不容的强盗、杀人犯。

在卡门的眼里，可怜的唐·约瑟只是她的一项敛财工具。自由，如一朵开在生命彼岸的花朵，虽然灿烂，却若水中之影，想要采撷，却如戴着镣铐跳舞，只能在那有限的范围之内观赏把玩。

当一个人不断地在重申“我是自由的”时候，这本身便说明了她其实不是自由的。

卡门，还有同卡门一道为走私而前赴后继的同伙们，都是处在社会边缘的人群。长久以来就祸害他人，他们同样是向往安定的。

在作者“我”的研究中，不知来自何方，又为什么来欧洲的波希米亚人，长久地流浪、迁徙和居无定所，使波希米亚人从骨子里就缺乏一种对生活的安全感。长期的流浪和迁徙中，他们的语言吸收了许多的外来词汇。因地域的改变，宗教信仰也在不断改变。为了不断地适应那动荡不安的各类环境，惊恐不安的他们则是通过改变语言、改变习惯、改变宗教，掩饰自己一切的不安全。并寄希望于能够苟且地在人前体面地活着。不断的游荡之中，社会的善良，给了波希米亚人行骗和生存的空间。那小有的智慧和聪明自得，又给了他们于邪恶之中无比的胆识。因为贫穷和长久以来的居无定所，波希米亚人每更换一次居住地，便改变一次宗教和语言。为了获得维持生存的金钱，他们静静地寄居在社会的阴暗角落，不停地搜寻着能够带来利益的一切可乘之机。而那些女人，天生就是一副不羁模样，算命和媚药是崇尚自由的波希米亚女人用来媚惑他人和骗取钱财的手段。

癞蛤蟆的脚爪、磁石粉这些简单且看似荒唐的道具，在波希米亚女人魔鬼一样高超的技艺之下，竟可以成功地虏获住男人朝三暮四的心。它可以让离开的爱人，重新回到你的身边，让不爱的人爱你。

唐·约瑟的堕落历程，以及他于卡门的如此痴迷，便不足为奇了。

所幸，蛊惑之中的唐·约瑟正义的灵魂没有被那拙劣的巫术最终泯灭。一如作者“我”与唐·约瑟最初的相逢。他们在卡什纳平原的一处笔直崖岩脚下的小溪旁，作者“我”与中等身材、眼光深沉自负，且手拿短铳面露凶悍神情的唐·约瑟，因马儿的嘶鸣而邂逅。在导游安东尼奥的惊慌失措中，他们哥儿们一般安然地互相交换打火石、雪茄，在林间的短暂休息中作着深入交谈……

同样，因了作者“我”的善良感化，亲手用尖刀结束了卡门生命的唐·约瑟，其实是在不断地堕落之中，用灵魂深处的深深忏悔，完成回归正义之前所走的一段归程。

柒　红色的情深烙印，难敌苍凉的旧时过往

Chapter Seven. The Scarlet Letter

姓名：海斯特·白兰

出处：《红字》——纳撒尼尔·霍桑

身份：爱人失踪，且在封建的审判台上被罚佩戴红字的有罪之妇

人生格言：终其一生也要守护胸前的那个耀眼红字

云轻雨骤浮萍小，一梨寒峭，莫怨时光催人老，任风缥缈。
轻罗小扇摇春晓，征鸿难了。一怀衷情谁言好，入时年少。

——后庭花·彭娇妍

因为犯罪而丧失权利、被迫独处一隅的她，除了一心一意地打扮小珠儿外，还用一颗宽大的心在包容世上的一切。人们因此不再把那红字看作是罪过的标记，在破茧成蝶的蜕变之中，她成了人们敬仰的“慈悲的姐妹”、“能干的女子”、“令人敬佩之人”的象征。

1.寒阶凌凌志不改

在英文单词里，A 是天使、美丽能干、慈爱、值得敬佩的引首字母。同样，A，也是静立于绞刑台上，那个被人们称作通奸犯的美丽的海斯特·白兰的象征。

监狱里长久的阴暗与压抑，摧残着身修颀长，体态优美，皮肤滋润，且生得一头乌黑浓密秀发的海斯特·白兰。一如向来习惯于在室外沐浴自然的风和阳光下盛开的花，被一下子移入了养料充足的温室。温室里，暂时的温暖和虚幻，骨子里便有着坚毅和果敢性格的海斯特·白兰，面对长官的拷问，用慈母一样的胸怀在顽强地抵制和抗拒。

当她和自己仅三个月大的孩子在狱吏阴森权杖的威逼之下，走出那扇满是锈迹和铁钉的栎木监牢大门，跨向位于波士顿最早教堂屋檐下的绞刑台上接受来人审判时，晴空之下，那熠熠阳光，便在有着花儿一般容貌的海斯特·白兰的面前倏地黯然了。

比大海宽阔的是天空，比天空宽阔的则是人的心灵。干涸的爱情、消失的丈夫、绝望的理想，还有在沙漠的心田里萌生的情愫，将她枯死的灵魂点燃了。偶然的邂逅，还有彼此的心心相印，使爱情的种子迅速在美丽的海斯特·白兰心中发芽了。

但是，在清教徒们注重理智，排斥感情，推崇理想和禁绝欲望的异端思想里，如此种种的有悖常理，是大逆不道的。

疑虑、愤怒、好奇充满了整个人群。人们翘首祈盼，等待着戴着耀眼红字的她招供自己所犯下的罪行。因而，当面对长官们的拷问，“说吧，让孩子有个父亲”、“不要违背上天的仁慈”、“说出那个人的名字，再加上你的悔改，便可以摘下那个耻辱的红字”……在一声声严厉问询和诱逼之下，海斯特•白兰傲然地沉默着。众目睽睽之下，面对耻辱的拷问，海斯特•白兰是忠贞的。绝口不答，情愿为孩子寻找天国的父亲，也不愿意孩子知道人世间的父亲，这一强烈的坚定，使她独自一人用柔弱的双肩将苦难顽强地承担。

她用在她沉默的坚毅、果敢小心地守护着自己胸前的红字，并用自己柔弱的双肩扛起这份世人加给她的耻辱。她的坚毅，似乎使那个使她披上了耻辱外衣，令她走上绞刑台的男人从来就不曾存在过。她安然地接受着这份投向自己的折磨。并不曾低头。阳光照耀在她因长久的阴霾而变得苍白的脸庞。围观者的议论纷纷，她仅仅挺直胸膛傲然一笑。

绞刑台面前的人群之中，她的曾经从英国移居美国波士顿途中，成了印第安人的俘虏，两年后又悄然出现的丈夫齐灵渥斯，此时是一脸猥琐地躲藏于附近的角落。

妻子的被判，使得他如中蛊毒一般地怒火中烧。复仇的痛恨，令他在周遭审视着。但是为了男人的颜面、不被披上耻辱外衣的虚荣，人群之中，他又在竭尽掩饰着。极度的痛苦和愤懑蛇一样地爬满了他的脸庞。为了弄明妻子被审的原因，他将自己乔装成为一个一直在外颠沛流离的外地人后，狡黠地向来人打听着妻子受辱的原因，妻子怀抱之中孩子的来历，还有孩子父亲的姓名……

然而，当海斯特·白兰在拥挤的人群之中，蓦然认出了自己消失了的丈夫后，被仇恨和懦弱、畏惧的种子占领了一切的齐灵渥斯，对于妻子的这份耻辱是无动于衷的。在与众人齐喝自己妻子罪孽的呼声中，面对妻子投来的黯然目光，身材矮小、面目丑陋的齐灵渥斯仅仅只是将手指放在嘴边，给予不要声张的动作表示了回复。

在齐灵渥斯灰暗的眼里，他只与光明为伍，由任何人、任何原因带来的耻辱与不利，均是自己仇恨的对象。他亲眼目睹的，绞刑台上的妻子海斯特·白兰所遭受的如此磨难亦与自己无关。

人群之中，这一道道冷酷的眼光里，有一束满含怜悯和爱恋的目光在无人的角落闪耀着。这束满含怜悯的目光，似乎也在被一同审问。面对受审的海斯特·白兰，还有她怀抱里因为惊吓而哭泣不已的孩子，他的脸如此地苍白。

凌厉的拷问中，波士顿最年长、最德高望重的约翰·威尔逊牧师，将处理这个可怜的罪人灵魂的责任交予了内心同样痛苦的清教徒、青年牧师丁梅斯代尔手上，让他来规劝和帮助海斯特·白兰悔过自新。并企图让年轻英俊、且学识渊博的丁梅斯代尔在爱情、责任和亲情面前主动招供。

但是，已经被戴上红字的海斯特·白兰的态度是坚定的。红字，似乎就是她精心维护的那份纯真之爱，还有她竭尽全力在保护着她心中爱人的唯一动力。

因而，她大声地回绝着，“这红字烙得太

深了，你无法把它取下来。但愿我能忍受住我自己的痛苦，也能忍受住他的痛苦！”她回以这样的坚定话语，并通过眼神告诫了孩子父亲自己的承诺：“我要保全你的声誉，这份责任由我来承担。”

红字被金黄的丝线精致地绣在她的胸前。

在耀眼的红光里，深沉、忧郁的眼神，名誉、前途的顾虑，还有人群之中，丈夫齐灵渥斯复仇的决绝，使人群里的这双怜悯而痛苦的目光始终黯淡着。海斯特·白兰那句“我不会说！”的坚决之下，无助的丁梅斯代尔将手按在了满是痛苦的心口上，退缩回了原来的位置。

最终，审判在约翰·威尔逊牧师长达一个多小时的控诉里结束了。罪孽滋生繁衍，被约翰·威尔逊牧师无限地放大了。海斯特·白兰胸前的那个刺眼的红字，被赋予了更加深重的罪孽与恐惧。

2. 啸月凭空情意远

乔装，是处心积虑之人用欺骗、惯用的掩盖手段，更改自己外在的形象面貌，原有的姓氏、信息，以骗取他人信任所采用的拙劣手段。这种卑劣，同样被海斯特·白兰那猥琐、丑陋的丈夫演绎了。

印第安人的部落、医生、精通基督教徒各种医术、各种草药的配制，在罗杰·齐灵渥斯乔装之下，便成了一张畅达于紧锁道德、传统和世俗观念牢门的“绿色通行证”。

与艾萨克·约翰逊的属地同时间建立而划出的监牢，是新殖民地的创建者们在占领这片土地的最初，专门为自己开辟的用来安放灵魂，洗礼被玷污的思想之圣地所在。在清教徒的眼里，这片阴森之地，是神圣不可侵犯的。似乎唯有在这里经过责罚、拷打，那些在他们看来不太安分的灵魂，才可以得到安息，也才可以得到神的宽恕。

城镇建立的十五至二十年后，这座木制结构的监牢，便在时光的打磨下，如同人的思想一样渐渐破败了。长久的风吹日晒，使那原本沉重厚实的栎木大门，日益斑驳了。监牢大门上那曾经尖锐地刺向犯罪与邪恶的耀眼门钉，也在岁月的流逝下呈现出了黑黄的铁器锈迹。由于无人问津，也无人看管，老古董一般的监牢，便在牛蒡、茨藜、毒莠等杂草的疯长掩映，日渐荒芜着。与监牢紧邻的，就是用来接纳曾经遭受了审判的灵魂的坟墓，并掩埋那一个个曾经在阳光下鲜活的生命。

但是，在“朝圣的教父”要创建人间乐土，并且时刻注重理智，排斥感情，推崇理想，禁绝欲望的异教思想的统领之下，灵魂这个本来可以大放异彩的东西，便常常在最紧要的时刻黯淡了。尽管监牢逐渐荒芜，但它却是始终存在的。而且，它的存在，只有在或许是清教徒们所认为犯下了沉重的罪恶，灵魂需要审判时，监牢的作用才会重新被人想起。

阴暗、压抑的监牢，关押住了海斯特·白兰血肉的躯体，坟墓旁的草地上，幽灵一般的围观者和一句句声嘶力竭的训斥、责罚，撒旦的魔杖一般，摧残着她疲惫不堪的精神。大庭广众之下，强烈的刺激和极度的羞辱，使花儿一般的海斯特·白兰脆弱的心灵处在了绝望的悬崖之巅。

监牢，坟墓一般地吞噬着柔弱的海斯特·白兰母女。在这阴暗的斗室里，胸前被人们永远冠以带着耻辱和责罚的那个刺眼的红字的海斯特·白兰，被人麻木地从绞刑台上重新押解回了监牢。半疯半癫，狂躁不安。他似乎预言了妻子受审之后必然要表现的精神状态。

她的恐惧与不安，同样也在阴暗的监牢里向她怀抱之中那个仅三个月大小的孩子传递。这个继承了海斯特·白兰和爱人一切优点的孩子，曾经和母亲一道站在众人讨伐的审判上的小小婴孩，此刻，也因为母亲所遭受的种种迫害与惊恐不安，在哭泣中恐慌着、呼号着。

面对被施了魔法一般的妻子，善于乔装的罗杰·齐灵渥斯是狡黠的。他和蔼的面貌，还有略懂医术的言辞，毫无困难地赢得了狱吏的信任。他丑陋的外表，几近黄昏的年龄，没有任何人怀疑，他就是美丽的海丝特·白兰那个失踪达两年之久的丈夫。同样，这份掩饰，还完美地遮盖了原本是他自己需要披上的一件于妻子不忠的羞辱面纱。似乎，这一切的罪孽，均与罗杰·齐灵渥斯无关。这场苦难与不幸婚姻的缔造者所有的，只有由被叛、不忠、诱惑点燃的熊熊怒火。

为了能从妻子迷离的眼神里，找寻她源于对婚姻不忠的蛛丝马迹，残存的善意让他乔装打扮，来给关押之中的妻子查看眼睛，搭理脉向。有效的草药，立刻止住了因为感应到母亲海斯特·白兰的惊恐而哭泣不止的婴孩。还有他精心调制的在荒山野林中学到的新的秘方，亦使海斯特·白兰灵魂世界里沸腾翻滚的情感渐渐平息。

或许是长久的分离，亦或是于压抑之下的谈话，面对正在释放青春与美貌的年轻妻子海斯特·白兰，罗杰·齐灵渥斯是怜爱的。昏暗的灯光，映照着海斯特·白兰憔悴的面容。面面相对之时，扎根于罗杰·齐灵渥斯心灵深处的愤怒，在瞬间的柔情中暂时绽放下了。

在这个近乎枯朽、怪异的老学究模样的丈夫面前，海斯特·白兰坦白了她与罗杰·齐灵渥斯的结合，是一场从来没有感情的错误。

这似乎触碰了不再年轻的罗杰·齐灵渥斯的软肋。海斯特·白兰出生于没落家族，她的父母贫穷却正直。不幸的婚姻里，在丈夫已葬身海底的谣传和长达两年时间的杳无音讯中，这个孤苦无依的少妇便与她心目中才貌相当的对象之间产生了爱情。

与妻子的被叛相比，把自己禁锢在仇恨世界里的罗杰·齐灵渥斯是悲哀的。可是，身陷于悲哀之中的他，却将仇恨的种子转嫁于了他人。尽管草药暂时医治了妻子惊恐的情绪，但是，找寻那个虏获了妻子灵魂与肉体的罪恶之源的决断，罂粟花一样在他扭曲的灵魂里绽放。

3. 蓬庐悠远藏宝珠

幼小的小珠儿，她的眉眼、面相、轮廓，还有成长中的体态姿势，起源于何者？那个促使了这个耻辱红字诞生的男人，可曾在某个不为人知的时刻，来过她俩的居住地，或者与这对母女有过某种形式的联系？这个可怜的孩子自一出世，便时刻被人们的猜忌、冷眼所包裹。

还有，因在绞刑台上被当众审判，以及神职人员所谓神圣的罪孽鞭挞等掀起的欺凌、排斥，也如泛滥的河水一般，在小珠儿和母亲海斯特·白兰孤单的生活里冲击着。

清教徒们有悖常理的世俗观，让小珠儿母女成了排斥于人群之外的异类。因为这个红字的永久宣判，尊言、价值，还有人与人之间最基本的交流与沟通，在小珠儿及母亲海斯特·白

兰的世界里严重地缺失了。

尽管处境艰难，但坚定地守护那份纯真爱情的海斯特•白兰，并没有远走高飞。迎难而上的她，凭借着菲薄的资产和年轻时代的一门好手艺，将母女二人的家，安扎在了城镇郊外近临大海的半岛边缘一个小茅屋内。

虽然这个简陋的栖身之处，时常有怀着异样眼神的孩子在远远地观望，但是，在母亲眼里，活着的红字一般耀目的小珠儿，却在此快乐地成长着。尚在摇篮里的她，第一眼看到的便是母亲胸前耀眼的红字。所以，在她幼小的心灵里，红字，便是母亲的象征。它的存在，代表着关于母亲的一切。红字，同样烙进了小珠儿的心灵。

因为孤独无依，也没有朋友敢来造访，小珠儿鲜有与人交流和沟通的机会。坚强的母亲海斯特・白兰便倾其所有的时间和精力，把持着她唯一可以掌握的绝妙手艺，并公主一般地打扮和教导小珠儿。小珠儿是海斯特·白兰困苦的精神世界里强大的支柱。

小小的小珠儿，秉承了母亲一切的优雅和秀美，延续着她不曾出现的与母亲同样优秀的父亲的睿智和渊博的学识。源自于不甘后代的同样受辱，小珠儿的成长，是被母亲寄予着厚重期望的。海斯特·白兰精心地装扮着小珠儿，严厉规范着小珠儿成长中的举手投足。并用她那高超的手工技艺，言行身教，敦促着幼小的珠儿积极向上。

污浊、霉烂和腐朽混合在一起，经过长久的埋藏与发酵，便成了大地上最最富足的养料。同样，经过了人世间的一切苦难和孤独磨砺之后，人性中最最闪光之处，才会发出愈加耀眼的光芒。

人们施加给母亲的种种责难，并没有丝毫影响到小珠儿珍珠一般美丽的心智。这个从小就陪伴母亲站在众人唾弃的绞刑台上的小婴孩，活着的红字一般，在母亲的注视下一点点长大了。

如同冲破淤泥的小荷，美丽的小珠儿在人们异样的目光中迎着水面吹过的习习凉风茁壮成长着。她秉承了母亲一切的优雅和秀美，骨子里天真的意念与童真流露，同母亲一样的坚毅和博大。外界的种种冷眼，在她幼小的心房里，似乎从未出现过。那些所谓的流言、所谓的冷眼猜忌，在这个幼小的小女孩儿面前，也同样失去了往日的威力。

随着岁月的流逝，小珠儿，这个时刻与孤单的海斯特·白兰相伴的活的“红字”，一天天长大了。她小鸟儿一般快乐地依傍在母亲四周。因为远离人群，小珠儿缺少同她一起玩耍的伙伴。她便自创地将一根棍子、一团破布、一个小花，作为自己一天中最好的童年伙伴。凭借着丰富的想象力，生长于茅屋旁的苍劲古松、丑陋的杂草，便是她幼小的生活舞台上，年迈的长者和有着清教徒本性的子孙。

她是母亲唯一的财富。为了使这一唯一的财富健康地存在于人世，并且能够小树儿一样茁壮成长，孤单的海斯特·白兰纵容着她的天性，并倾其所有地教育着小珠儿。使她容貌秀美，举止得体。

虽然，众人耻笑的凌辱，还有人们刻意与之保持的拒离，使幼小的小珠儿与母亲海斯特·白兰倍感孤寂。但正是这份难得的孤寂，亦使得年少的小珠儿不曾沾染过一点当时社会所拥有的虚伪与奸诈习气。母亲用忍辱负重和不屈不挠的言传身教，告诫着幼小的珠儿处在困境之中要采取的坚强态度。

母亲先前傲视那绞刑台上异端的教徒和世俗的冷眼，镜子一样也呈现在小珠儿的身上。清教徒思想里长大的孩童们，在怪物一般地责打着小珠儿及母亲。他们向小珠儿及母亲投来了石块、烂泥等等。从来也不曾知晓炎凉为何物的小珠儿，是体味着母亲的孤独的。她用与生俱来的狂野本能反抗，愤怒地抗击着外来的一切不怀好意。她用皱眉、跺脚，以及带着威胁性的小拳头和她那正在成长之中的弱小身躯，竭力维护着烙印在母亲身上的红字，反抗着外界的凌辱和伤害。尚处在懵懂之中的她，在母亲的只言片语中，似乎体味到了关于爱情、忠贞、以及坚守的含义。因为，人世间，除了必要遵循的戒律、法则之外，亲情、爱情，以及互相体恤的人间情谊，同样必不可少。

4. 韶华远逝绮陌新

不管是远古的部落时代，还是教规森严的海斯特·白兰所处的时代，丈夫，本是妻子、儿女一切生活的保护伞。自我意识分外明确的时下，不论身形外貌的高矮美丑，“丈夫”这个词汇，含意本应是高大伟岸的。但是，在美丽的海斯特·白兰的境遇里，这个称呼却被赋予了邪恶的色彩。

当初，从苍茫的荒野里迈出了急切步伐的罗杰·齐灵渥斯，带着印第安人的智慧匆匆返回了。他的返回，是在急切地找寻他曾经失散了的年轻妻子。他渴望从妻子的身上找寻到家的温馨和欢乐。

可是，现实却在他的自我操纵之下，同他开了一个荒唐的玩笑。迟到的回归，呈现在罗杰·齐灵渥斯眼前的是妻子站在位于坟墓一旁的绞刑台上，向世人昭示有伤风化的罪孽。

其实，这份被人公之于众的罪孽，罗杰·齐灵渥斯本人也有很大的责任的。在他长达两年的消失岁月里，他已葬身海底的恐怖谣传四处播撒。丈夫的无端离开，使得孤身一人的海斯特·白兰在孕育罪过的基石上伤感地生活着。只身来到目前的城市，又在空旷无依的精神田园里邂逅博学多才的丁梅斯代尔，一场大错就这样铸成了。在世俗、戒律的枷锁下，海斯特·白兰被披上了有伤风化的羞耻外衣。

大庭广众之下，人们在刮骨疗毒一般地审讯着他曾经同床共枕的妻子。流言、冷眼、或明或暗投来的石块、鸡蛋，雨点般砸向了她们。

就在无助的她们被冷漠地隔绝时，惯有的虚伪和懦弱使得先前急切渴望回归家庭的罗杰·齐灵渥斯就此停住了脚步。没有大难来时的同命双飞，也没有痛苦责罚时的挺身而出，在狱牢之灾的结束之后更没有只言片语的问候和关爱。有的，只是如避瘟疫一般远远地躲着。他在审判台前，用手指指着嘴唇，示意苦难之下的海斯特·白兰，不要泄露自己的身份。他将这份本应由丈夫承担的责任，推到了弱小而年轻的妻子身上。

当一个人把毕生的精力全部用在寻找某一件事情上时，不管这个问题有多么艰难，进展如何艰巨，困难都可以迎刃而解。

或许，此时此刻的罗杰·齐灵渥斯在此多少作出些表示，海斯特·白兰那接踵而至的冰山苦难境遇，便可以化解。但是，被仇恨的种子填满灵魂的罗杰·齐灵渥斯，嫉妒、愤怒、羞愧的火焰在熊熊地燃烧。复仇的毒蛇，轻易地扭曲了他的灵魂，并爬在了他丑陋的脸上。

丛林鸟儿一般的夫妻情谊，让彼此成为了熟习的陌生人。为了达到他复仇的目的，罗杰·齐灵渥斯在妻子海斯特·白兰所在的城市居住了下来，他贼一样地尾随着海斯特·白兰的一切生活行为，放大镜一般地搜寻着与海斯特·白兰有关的种种可疑迹象。同时，为了最直接地找到诱使海斯特·白兰走上歧路的那个男人，乔装成外科医生的他，殷勤地医治着波士顿全城患上疾病的人们。同时，他也如训练有素的侦探一般，从这些前来诊治的人群的言语和行为中搜寻着关于忠诚和被叛的一切可疑点……

最终，他把目标锁定在了学识声誉备受崇敬的阿瑟·丁梅斯代尔牧师身上。

外人看来，博学的丁梅斯代尔先生是罗杰·齐灵渥斯的精神导师，实际上，在妻子被推上绞刑台当众受审的那一天起，这个年轻、英俊的牧师身体状况便每况愈下了。随着时间的推移，忧伤、衰败的预兆爬上了丁梅斯代尔苍白的面颊。脆弱的他，时常在异常情况下，痛苦万分地做出捂着胸口的模样。

罗杰·齐灵渥斯貌似真诚的挚友一般接近着丁梅斯代尔。并且，还在朋友的安排下，与丁梅斯代尔一道住进了同一间房子里。他处心积虑，也算集众望所归，劝说并帮助丁梅斯代尔从众多的崇拜中挑选如花似玉的少女来作他的妻子。

无时无刻，无处不在的事实盘剥，对真相的竭力掩盖，令年轻的丁梅斯代尔在悔恨和深深的自我谴责中煎熬着。亲眼目睹了爱人的种种磨难，却无力担当，他祈望澄清真相，但是，背负着沉重的赎罪、内省等宗教意识的十字架的他，处处被清教徒的诫律牵绊着。

与此同时，这虚假煎熬的朝夕同处，对情敌的强烈妒火，同样也在罗杰·齐灵渥斯的心中燃烧着。他幽灵一般尾随着将要出逃的丁梅斯代尔，以及海斯特·白兰母女，无限地放大着丁梅斯代尔的痛苦和愧疚。

但是，没有爱情，无法沟通，且被常久地忽视，这掠夺了海斯特·白兰美丽青春与爱情的真正凶手，似乎不只一个。

红字，是耻辱的象征，也是新生的象征，一场满含嫉妒之火的人性、世俗、道德、秩序、灵魂与智慧的较量。或许，我们最后不禁要问一下，这个被仇恨占据了全部身心的罗杰·齐灵渥斯先生如此处心积虑乔装改扮，费尽心思矿工一样地挖掘那个他从来不敢面对，也一直没有直面的事实，意义又何在？

捌　贪念风雪，且负岁月且负卿

Chapter Eight. Madame Bovary

姓名：爱玛（法国）

出处：《包法利夫人》——福楼拜

身份：向往浪漫的医生太太

人生格言：在浪漫与浮华之中，醉生梦死

一帆风雨最行迟，闹花深处琼枝。

可堪霁色入莲池，碧水斜晖。

楼外青山云锁，窗中远岫离迷。繁华满地是无为，此恨方知。

——画堂春·彭娇妍

浪漫、爱情和虚无的梦幻，一直以来就是她所追求的。而她，在男人的眼里，只是一个堕落的放荡女人的代号。

彼耶的小说《保耳与维尔吉妮》是她最喜爱的图书之一。她梦想过小竹房子一样的生活，尤其希望有位好心的小哥哥，情意缠绵地爬上比钟楼还要高的大树去给她摘红果子，或者赤着脚在沙滩上跑，给她抱来一个鸟巢；她又“衷心尊敬那些出名或者不幸的妇女”……

婚后，她的丈夫平凡而又庸俗，但爱乌及乌的丈夫不但包容了她与异性的接触，同时还慷慨地接受了别人赠给她的礼物，并默认了她送给别人医学用的头颅标本和印着绿叶的毛毯等把戏。

有了这样的纵容，她便打着学习、一切为了孩子等多种借口，不惜重金地为别的男人购买礼物，以讨得情人欢心。最终，负债累累的她在莱昂、罗多夫、布店老板勒合、龌龊的公证人等人合力欺诈下，最终走向了不归路。

1. 凝愁深赋望几许

“楼中少女弄瑶瑟，一曲未终坐长叹。”似乎每个女孩子在年少时代都有着一个由浪漫爱情朦胧编织而成的美丽之梦。在这个梦里，女孩子们尽情向往着一个在未来的某一天和自己手牵手走完终生的“白马王子”。

崇尚爱情，并在修道院附设的寄宿女校受着贵族式教育的爱玛，在一部部浪漫主义小说的熏陶下成长着。修道院里的她，犹如一只在天空中肆意飞翔但永远不知疲倦的鸟儿，一直在幻想的天国里寻觅着自己的爱情。因为是幻想的，修道院里一切和浪漫有关的事和物便成了她的寄托。

或许是生活过于优越，感性的爱玛其时并不知道世上何为苦与乐，爱与恨。

修道院圣母玛利亚的圣像前，正值豆蔻年华的爱玛，是喜欢和修女们在一起的。

玫瑰色面颊的她总是抢着回答助理神甫难答的问题。她试着用一整天不吃饭来作禁欲苦修。她凭空捏造一些微不足道的罪名使自己忏悔。圣坛的芳香、圣水吐出的清芬、蜡烛的光辉，给予她的是消沉的神秘力量。圣书上得了病的羔羊，利箭穿过的圣心，还有走向十字架时倒下的耶稣……这一切都使她陶醉。

起初，她的虔诚也深得胸前挂着念珠和铜十字架的修女们的喜爱。她们常常带着爱玛去餐厅、去小礼拜堂。因为，在修女们的眼里，天真的爱玛条件得天独厚，是能够感应神的召唤的。

金翅膀的小天使、圣母玛利亚、威尼斯的环礁湖、湖上的船夫，这些平淡无奇的作品，并没有让爱玛感到修道院生活的枯燥。相反，她感情世界里日益增长的情愫，因每一个新鲜的事物而丰富奇妙。修道院教室里温暖的气氛，使她陶醉其间。

富有才华的爱玛读过《保尔和维吉妮》、《讲演录》、《基督教真谛》、拉·华丽叶小姐修道的故事，以及圣史摘要等等，这些广泛的阅读给了年少的她思考和判断事物的头脑。因此，在乡村的宁静生活里过久了的她，也在刻意寻觅一种与之截然相反的生活。

多愁善感的她，喜欢发出天长地久、此恨绵绵的浪漫悲叹。她爱大海，是因为大海具有雄性气质的汹涌的波涛。她喜爱点缀了断壁残垣的草地，是因为在断壁残垣上，她找到了些许关于男性的成熟与沧桑。

也许是源自于布道中的曲解，使得原本对爱情就无限憧憬的爱玛，错误地认为宗教就是爱情。还有，聆听耶稣基督的教诲，唤醒人类的真、善、美，以及让人悔改相信福音的基督徒们的使命，就是未婚夫、丈夫、天上的情人和永久的婚姻。

修道院里有一个大革命前出身于贵族世家，但在大革命期间家破人亡的老姑娘，每月到修道院做一星期女工。这个比爱玛和修道院其他学员见过了更多世事的老姑娘，给她带来了关于爱情的书和故事。在与老姑娘接触的半年时间里，对于爱情的理解和认知，让爱玛得到了充分的认识补充。

爱玛好奇地聆听着，老姑娘唱的前一个世纪的情歌。专心地听着她讲的故事和新闻，并读着老姑娘口袋里关于爱情的小说。多情男女，被逼得走投无路、在孤零零的亭子里晕倒的贵妇人，每到一个驿站都要遭到毒害的马车夫，使爱玛的心随情节紧张而紧张；疲于奔命的马匹、阴暗的森林、内心的骚动，唤醒了爱玛内心世界里激情的朦动。誓言、呜咽、眼泪、亲吻，使爱玛明白了情与爱究竟为何物。还有浪漫情调里必不可少的小船、夜莺、勇敢的情郎，就如调制鸡尾酒时透明的酒杯必不可少一样……这一个个活的教材，如泉水一般滋养着她爱的情愫。

渐次朦动的情愫使得她从幻想中走出来，并在现实生活中寻找答案。因为读了浪漫的司各特小说，她的梦也浪漫起来了。她在梦中梦到了苏格兰乡村的衣柜、卫士的厅堂，还有走江湖的诗人。她幻想着自己就是一位腰身细长的女庄主，而且住在司各特小说里描绘的那样古老的城堡里。还有一个戴着白羽毛头盔的骑士，骑着黑马的“白马王子”，从遥远的田野向她奔驰而来。殉难的玛丽女王、以身殉教的女杰贞德、同老师私奔的艾洛伊丝、查理七世的情妇阿涅丝·索蕾、美丽的费隆夫人、女诗人克莱芒丝·伊索尔，这些出名或者不幸的妇女，在她年少的心目中，恰如浩瀚的宇宙里一颗颗耀眼的繁星，使原本性情哀伤的她变得更加忧伤。

与此同时，爱玛修道院同学们在节日里收到礼物——绘有不是伯爵就是子爵的图文并茂的画册，也给富于幻想的爱玛打开了一扇情爱的形象化天窗。封面由缎面装帧的图画前，爱玛撅着紧张的小嘴、吹着气，掀起了图画上的透明纸：阳台栏杆前怀抱白衣少女的青年男子；和爱玛双目对视的、金黄卷发上戴着圆草帽的英国贵妇人画像；两个穿着白裤子的小马夫；拆开了远方的来信，并坐在沙发上望月的贵妇人；脸上挂着眼泪在喂斑鸠的天真妇人；沉醉在印度舞女怀抱的苏丹王；异教徒、土耳其马刀、希腊软帽……这一幅幅富于诗意的图像，使沉浸在鲜花和浪漫幻想中的爱玛，将爱情的身影更加具体化和形象化了。

她是如此陶醉其间。以至于，黯淡的煤油灯照耀下的寝室里，因爱玛的沉醉其间，而变得悄无声息。

过于浪漫的情愫和过早成熟的思想，使爱玛对生与死有着有别于常人的认识。对于死去的至爱母亲的追思，她是用母亲的头发织成的图画来悼念的。她用充满哀怨的信，和要求自己死后葬在母亲坟墓这样的悲伤愿望取得他人的怜悯。她用浪漫主义诗人拉马丁柔肠百转的诗句，伴着自然界万物生死轮回的转化，把自己乔装成一个性格忧郁哀伤的女子。在她的思想世界里，所有的幻想与憧憬，就等于现实的生活。她将来的生活和爱情就该如她所思所想的一样。在情与爱的道路上，爱玛越走越偏。

修道院，这个神圣之地在爱玛的面前也变得矮小，模糊起来。参加日课、退省静修、九日仪式的劝慰，爱玛置若罔闻。传道说教，崇敬先圣先烈、克制肉欲、拯救灵魂的使命，在爱玛的手中成了脱了缰绳的野马，开始无影无踪。修道院里的清规戒律，也似乎对她毫无作用了。她的过分痴迷，甚至开始让她成为令院长和修女们大失所望的，步入歧途之人。

一如一个青涩的花蕾，突然被劣质的硫酸水腐蚀了一样，这朵本该开放得鲜艳无比的花儿，因为过度地浇灌，使得不太康健的枝和桠也一同凌乱生长。并于无形之中多了些许对真诚爱情和现实生活的藐视。亦使得后来爱玛本该灿烂的人生，最终走向了一条歪斜的偏僻之道。

2. 黄云翻覆杞天梦

婚姻，其实就是男女二人平淡的相守；生活，则是由柴、米、油、盐组成的日常琐碎。婚姻中，男女二人的结合，不仅仅是肉体的结合，同时更是心灵和习惯的互通。

因为有良好的家庭教育和高雅气质的知识女性形象，加之在修道院附设的寄宿女校贵族式教育的熏陶，爱玛有了跳舞、地理、素描、刺绣和弹琴等众多男人心中理想爱人的元素。例如，爱玛在画素描画时，会别出心裁地把面包心夹在大拇指上搓成小球，作橡皮擦用；在弹奏钢琴时，键盘上纤细而飞动的手指，如一个个飞动的舞蹈演员。这一切，在丈夫夏尔的眼里，是如此地美好。

在料理家务事上，爱玛其实也是一个能干的好手。她为因出诊而晚归的夏尔升起温暖的火炉；在仆人们都睡去之时，亲自为丈夫准备夜宵。用措词婉转的信件，帮助忙碌的丈夫巧妙地要回病人拖欠的诊费。待人接物也礼貌得体，她别出心裁地做出各种好菜，招待来家就餐的客人，还会把水果摆成好看的形状。

用聪明的言行掳获了平凡的夏尔的爱玛，此时本质还是温柔、贤淑的。因此，她在丈夫夏尔的眼里，也是如此地魅力四射。

在随后的日子里，新婚的激情渐渐被平淡的琐事所取代。本来，像普通人家婚姻中的男女一样，她和丈夫夏尔的关系，也会由最初的爱人关系，慢慢融合为血肉相连的亲情。

但是，在从梦想中的爱人、鲜花和骑士的幻想里坠入实际生活之中的爱玛，却因此表现出了种种不适。爱玛开始疑惑，那些幸福、热情、陶醉……那些她无限向往的字眼，在现实生活中到底该是何等的模样？

和多才多艺的爱玛相比，平凡而又庸俗的夏尔，生来就不会开玩笑，也不会察颜观色地讨女孩子欢心。他既不会游泳，也不击剑，更不会开手枪。只会给病人看病的他，连爱玛所读的小说里骑马的术语也答不出。加之，爱玛嫁给夏尔以后，精神和物质相对匮乏的乡村生活里，没有热闹的舞会，没有巴黎的名演员，就连她在月光下、花园里，向丈夫所吟诵的情诗，夏尔也无动于衷。再加上，老实的夏尔在平日里，总是一身乡下人简朴的装束，他缺乏魅力的外形，也让爱玛觉得，丈夫既没有青绒燕尾服的那份俊逸，也没有软皮长统靴流露的潇洒，更没有尖顶帽和戴有长筒手套的绅士风度，这与她幻想中的“白马王子”形象简直是背道而驰的。

随着夫妻二人相处时间的增长，木讷的夏尔原本的生活习惯、个人性格缺点在爱玛眼里日渐显现。心里有着多情种子的爱玛认为，自己的丈夫应是与众不同的，热情聪明的，外貌也是非常漂亮、且高人一等的。因此，当丈夫夏尔向妻子爱玛表达感情，变成了例行公事，亲吻和拥抱成为了习惯，还有爱子心切的婆婆时不时向爱玛投来明枪暗剑，爱玛和夏尔和谐的婚姻生活被打破了。

这一把把现实的利剑，刺破了爱玛幻想的泡沫，使她从幻想的高空，重重地跌到了现实生活的谷底。

爱玛困惑了，她甚至开始埋怨自己过于平淡而缺乏激情的生活。但她从不反省困惑的原因，自己在平淡生活中所应承担的角色和履行的职责。在困惑中，她开始幻想那些与自己无缘相识，又强于自己丈夫的男人，还有有舞会、领奖台、众人道贺的日子……

与此同时，侯爵的渥毕萨尔田庄里的盛大舞会，似乎一下子唤起了爱玛胸中即将熄灭的浪漫火焰。舞会中，那美妙的华尔兹舞曲，旋转的挂灯、家具、墙壁、地板；令她砰然心跳的子爵男宾。还有，在回家的路上，偶然间在乡间小路上拾到的子爵遗落的烟匣，便一下子将她理想中的生活与现实联系起来了，似乎这才是爱玛想要的生活。

在沃比萨安德烈侯爵的田庄里，爱玛见识到了曾经得到过国王兄弟宠幸，并做过王后玛丽·安图瓦奈特情人的拉韦杰老公爵，曾经的攀龙附凤，和当下生活的荣华。还有舞会中，故意将扇子掉在地上，再请男宾弯腰去捡的贵妇人，将手里的三角形白纸扔进男宾帽子的举动，以及清晨三点钟，爱玛与“子爵”所跳的华尔兹等舞曲，似乎都在给困顿于平淡生活之中的爱玛教授寻找激情的方法。

恰如一枚尖利的凿子，在爱玛单调、乏味的心灵凿开了一个激情膨胀的大洞。这个迅速扩大的激情之洞，给了她一个坚强的理由，热闹的舞会结束了，爱玛重新回到平淡而枯燥的生活。但不甘寂寞的她，似乎在舞会中寻找到了某种精神寄托。在返家路上拾到的子爵的烟匣，这个充满男性味道的匣子，还有烟匣表面绣布上的一针一线，给爱玛打开了一扇情欲、激情和幻想之门。

进而，她开始借着回到家中还没有准备好晚餐等细小琐事，向女仆娜塔西宣泄自己的不满。

她幻想着自己与情人相遇的情景，回忆沃比萨田庄隆重的舞会。为了使幻想中的一切，能够以感官的形式，呈现在自己的眼前，她通过在买回的巴黎地图上，找寻繁华都市生活里的游览地，感受灯光摇曳的煤气灯，抚摸那在剧院柱廊前放下脚踏板的马车图片……她订购《花篮》、《纱笼仙女》等杂志，杂志里的赛马消息、登台歌星与她的精神世界里的理想国遥相呼应。

广泛的阅读，从另一个方面也促成了爱玛善于思考的特质。因此，那颗藏匿在她胸膛内的娇小之心，原本是雄大的野心。

她埋怨在医疗行业的激烈竞争中处于劣势的丈夫，个人能力欠佳。她渴望自己的丈夫应是一个埋头读书到深夜，但黑色礼服上挂着一串勋章的成功人士。还有自己的姓氏包法利，也应出现在书刊和报纸上，且举国上下都是无人不知、无人不晓的。她辞退了原来的女仆娜塔西，重新聘用十四岁的孤女费莉西，教她行为礼仪，烫洗衣裳，并称自己为“太太”。她将熙熙攘攘的芸芸众生分成外交官、公爵夫人的社交界、五彩斑斓成群结伙的文人雅士等三类人群，虚幻欲望中的爱玛沉溺在感官的奢侈享受和故作清高的不切实际之中。

现实中的舞伴，于爱玛幻想中的浪漫情人是对等的。夫妻二人共同语言的寡淡，以及乡村物质和精神生活的极度匮乏，恰如当下婚姻生活里，将要出轨的男女，正要给自己找寻的一个冠冕堂皇的出轨理由一样。激情的火焰被现实的平庸生活浇灭之后，侯爵家豪华的气派，高雅的客人，珠光宝气的舞会场

面，以及从侯爵家返程的路上拾得的子爵雪茄匣，于无形之中，成了将爱玛拽出婚姻的围城之外的黑手。

3. 谁念西楼风和雨

梦幻的音乐，广袤的大海，苍凉的落日，还有那从阅读的畅快中体味的似曾相识的感伤……有着诸多相似之处和共同价值取向的实习生莱昂，在频繁的接触中，他们似乎意趣相投。

而经历了一场建立在金钱交易之上的不幸婚姻之后，重新找回幸福的夏尔，是如此地珍重爱玛这个上帝后来赐予他的礼物。

在药剂师眼里，受过良好教育的爱玛姿质不凡，即使县长夫人也不如她；在老板娘的眼里，不善言语的爱玛节省，善于持家；在夏尔的病人眼里，爱玛热情周到，客气地对待每一个前来就诊的病人；还有她的乐善好施，连附近的穷人也给了她一个“慈善”的美称。

婚姻中，男女二人如缺乏感情基础，仅仅只是生活、物质层面的交往，是难以达到灵与肉的完美结合的。但是仅有精神交流的婚姻，未免也不切实际。

夏尔给了爱玛殷实的生活，但在精神层面上，生性木讷的夏尔却是相对欠缺的。也许是因爱玛在夏尔眼里过于完美，进而他看不到妻子低垂眼神后的缕缕忧伤。夏尔不明白自己的妻子爱玛为什么要整晚坐在书桌前，开着灯不肯入睡；为什么爱玛要弹那在他心中毫无用途的钢琴；也更加不明白她为什么要在房间里摆满鲜花。

源于对妻子那份真挚的爱，痴心的夏尔对爱玛的种种一切也是爱乌及乌的。夏尔包容地接纳了爱玛在婚姻之外接触的异性。他不妒忌与爱玛不断地交流看书和唱歌的经验的莱昂，接受了莱昂给妻子所赠的仙人掌礼物，并默认了妻子送给莱昂医学用的头颅标本和印着绿叶的毛毯。同时，过于大度的夏尔为了讨得妻子的欢心，还向自己尚未知晓的情敌莱昂求助如何照一张穿黑色燕尾服的照片，想送给妻子，给她一个意外的惊喜，也表明自己是一个感情细腻的丈夫……

此种状况之下，出于偶尔的自我反省，爱玛也会亲自去照顾自己的孩子；还会在夏尔外出时，在炉边烘烤丈夫湿了的拖鞋；缝起丈夫背心衬里脱落的线头，掉了的衬衫纽扣；将夏尔的睡帽叠得整整齐齐地放入壁橱。但这一切的所作所为，只是她爱上实习生莱昂之后的一种自我掩饰。

虽然爱玛与莱昂的恋爱仅限于精神层面，但是，习惯于从医学角度去理解人的精神变化的夏尔，一味地宽容与大度，使得牵绊爱玛手中的婚姻绳索却变得越来越松。沉溺于激情与幻想之中的爱玛，对于所谓的道德和伦理也愈加藐视。到巴黎读法律的莱昂暂时离开了。可是幻想和激情依然存在的爱玛，躁动的心，并没有因此停滞游离。

丈夫昏庸的宽容，便成了迷惑于垂涎美色和低劣灵魂的诱因。夏尔不修边幅的外表，和木讷的个性，也给了他人可趁之机。

一次偶然地协助丈夫治疗病人，一次荣镇举办的集商业、农业、工业和艺术于一体的农业展销会，便促使爱玛成了一个拥有低靡灵魂的，三十四岁的单身汉罗多尔夫捕获的猎物。

似乎女人天生就喜欢甜言蜜言，老练的罗多尔夫用恭维卸下了夏尔的戒备，仅用矫健的马匹，便成功地插足到爱玛与夏尔的婚姻生活之中。

在与爱玛接触之初，狡猾的罗多尔夫把自己装扮成一个没有朋友、没人关心，郁闷到极点的可怜虫。他说只要能得到一个真心相待他的人，他将克服一切困难，去达到目的。他与爱玛一同谈到内地的庸俗，生活的窒闷，理想的毁灭……这些貌似冠冕堂皇、又夹杂着些许高深理论的花言巧语使爱玛神魂颠倒，她的虚荣心因此而迅速膨胀。

最开始，良心还有一丝存在的爱玛也有过犹豫。但在罗多尔夫一波又一波的攻势下，单纯的她彻底臣服了。爱玛觉得自己终于找到了小说中向往的生活。因此，她既刺激又欣喜。他们海誓山盟，互述衷肠、互通信件，待在一间做木鞋的小屋里谈情说爱。每天夏尔一早出门，爱玛便赶到罗多尔夫的住处幽会。他们交换小照、戒指，俨然一对恋爱中的情侣。

可是，在久经风月场所的罗多尔夫眼里，女人，不过是一件时尚的外衣罢了。当这件华丽的外衣伴着新鲜的感觉褪去激情之后，爱玛，便成了一文不值的破衣衫。

爱玛好看的外表，多情、浪漫、富于幻想的气质和些许的才华，短暂地满足了罗多尔夫精神和肉体的欲望。可是爱玛过于露骨的感情表达，快速地削弱了罗多尔夫先前炙热的征服渴望。她强烈的独占欲使罗多尔夫厌倦。爱玛过于直接地表露自己的感情，也被罗多尔夫划上了淫荡女人的等号。这种没有花费多大气力得来的感情，在罗多尔夫眼里是一文不值的。因此，当爱玛下定了决心，要抛弃眼下枯燥的婚姻生活，带上女儿在普罗旺斯旅馆与罗多尔夫相会，并打算一同远走高飞时，心虚的罗多尔夫便退却了。

他狠心地向爱玛递出了绝交信，并极力推卸责任，用可笑的文字掩饰自身的疲倦。终于，在九月四日星期一的前一天，罗多尔夫风也似的逃走了。

此等的打击和羞辱，似乎应使堕落中的爱玛就此反省了。但巧合的是，在她因此而大病刚愈不久，夏尔带着她在卢昂剧场观赏歌剧时，爱玛与久别的莱昂又再一次相遇了。

旧情复燃的爱火，在爱玛与莱昂之间燃烧得如此旺盛。爱玛，这个坠落的灵魂，在偏离正常角度的轨道上再次寻找到了精神寄托。

或许是丈夫的过于宽容与大度，也或许是为了让妻子心情愉悦，在歌剧结束后的次日，爱玛被充许单独停留于卢昂。

这给予了莱昂与爱玛独处的机会。同样是出于宽容与大度，夏尔答应了爱玛到卢昂学钢琴的要求。除了交学费，夏尔从不过问爱玛在卢昂学习的细节。

因此，她的学习和生活，似乎成了用谎言织成的艺术品。她自如地编织着每个一貌似圆满的谎言，一次又一次地逃过了他人疑惑的目光。说谎，是激情燃烧中爱玛的需要和嗜好。在学习钢琴的堂皇借口之下，爱玛频繁地奔波于卢昂和荣镇两个城市，与二度出轨之下的情人莱昂，一起陶醉于纸醉金迷，花红柳绿。欲火中烧的爱玛，如风月老手一般，变得更加漂亮，容光焕发，就连声音也异常动听。她更加衷情于小绒帽，蓝色裙摆，颜色鲜艳的地毯；寄希望于不劳而获的生活，不惜重金地为莱昂、罗多尔夫购买物品，以讨得情人欢心。财产越来越少的她，开始在商贾处擅签欠条，与此同时，一个知晓了爱玛与莱昂奸情之后的商人勒合，在利益的驱使之下睁着狡黠的双眼，如螳螂捕蝉一般，在为坠落之中的爱玛掘出了一个又一个诱人的陷阱。在勒合处，爱玛的欠账越来越多，数额越来越大，欠款偿还时间也越来越短。

4. 流霞堪去落花归

爱玛最终的离逝，似乎在她与夏尔结婚的那一刻，就是已经注定了的。

他们的婚礼之中，被卢奥老爹生硬地制止的，他们的海鱼贩子老表用嘴把水从钥匙喷进新房去的闹婚房举动，便落得亲戚们奉送的“一家子没有好下场”的诅咒。蜜月中，夏尔遗留在新房里的前妻的遗物——一束用白色缎带扎着的桔子花，似乎也在暗示他们婚姻生活不幸。

也许，这就是人们常言的“红颜薄命”。在老表的恶毒的诅咒里，他们的婚姻，果然是在爱玛过度纵情淫欲、贪恋荣华，夏尔的过度木讷，还有周遭的推波助澜中，悄然解体了。

爱情需要男女二人的共同维护，偷不来，也强留不到。埋怨不会改变平淡，纵容私情，追求放荡、欺骗、鄙视只会抹煞爱情的纯美！原本夏尔是不信命的。唯物论者的他，是用科学的手段和精湛的技艺救治了托特和荣镇，以及周边一个又一个病痛的躯体。就连对妻子因情而生的种种病态，他也是从医学的角度，给予了合理的解释和诊治的。

夏尔只是一个平凡的居家型男人。没有理想、没有意志，亦没有属于自己的精神生活的他，对于自以为获得的幸福诚惶诚恐地满足着。从小在父母相悖的教育方式下生活的他，只是惟命是听，没有自己的思想。学医，是父母希望的。在学校里，他的懦弱和胆小，常常受到同学们欺负，也被老师看不起。第一任妻子，也是父母帮他物色的。他与这个年长的寡妇之间，没有感情可言，更谈不上什么叫幸福。因此当爱玛出现时，木然的他才感到了幸福的来临。

被外界环境的厚重枷锁困顿了许久之后，夏尔早已在迷茫中失去了自我。进而，连爱情法则里，最基本的占有欲和嫉妒心也消逝了。似乎是两条对等，但永远不会相交的直线，他对自己的第二任妻子爱玛的所思所想一无所知。在自我的满足里，他也不知道自己娶的是一个什么样的女人。爱玛在不断的寻觅情人中，享受她幻想世界里的激情；夏尔，却如旁观者一般，视美丽、多才多艺且带着忧郁气质的爱玛如至宝。他们的感情世界没有相似之处，没有思想和心灵的沟通，也没有共同喜好、个人观点的交叉。夏尔与其他男人一样，在意的是妻子的外貌、情趣和持家之道。他用原谅、懦弱、麻木、可悲掩饰了他单向的感情，缺乏激情和占有欲的性格，他的心态因此扭曲了。对于妻子的出轨，也只是在短暂的愤怒之后，再当着情夫的面，卑微地声称自己原谅了对方的过错。

弗洛伊德说："一个幸福的人从来不会幻想。幻想只发生在愿望得不到满足的人身上。幻想的动力是未被满足的愿望，每一个幻想都是一个愿望的满足，都是一次对令人不能满足的现实的校正。"

在修道院的贵族学校里，对梦想痴狂的爱玛，潜移默化地幻想浪漫的爱情、温柔的骑士和富丽的宫廷。她懵懂地认为这世上的爱情就应该是月光下的长吁短叹，难分难舍的拥抱接吻，执手相对滴落的泪珠，欲火中烧的激动和情意缠绵的忧郁。但是，在她成年以后，现实生活的巨大差距，让带着美好幻想的她在与幻想的差距相去甚至远之下，爱玛便开始觉得生活不幸了。

向往纸醉金迷的奢华，渴求跌宕起伏的爱情，已然成了爱玛生活里最充实的部分。尴尬的是，贵妇式的奢华生活终究与爱玛无缘的。她沉醉在自己的幻想世界里。在梦中情不自禁地幸福微笑，同时又开始恐惧哪怕一丁点的失去。罗多尔夫、莱昂的出现，便成了投入她死水般生活的石子，激发了她的热情和激情。她搀着情人的臂弯，送给他高贵的礼物，要他说着一句又一句的甜言蜜语，发着一个又一个天长地久的誓言，她要轰轰烈烈的不用遮遮掩掩的爱，她想到了私奔！她追求的只是一种暂时沉醉的状态，而不是真正的幸福。当她第一次出轨后，她激动的并不是寻找到了爱情，而是激动“我有了一个情人”。她的偷情生活，只是让她在情欲中暂时忘记了现实。当罗多尔夫放弃与她私奔的时候，她的梦想其实已经破灭了。她与莱昂的苟且之事只不过是她不甘心的最后挣扎。

过度的奢华和纵情声色的贪恋，均是建立在金钱基础之上的。现实不费吹灰之力，就熄灭了爱玛生命中的所有欲望。当沉溺于肉欲的满足和奢华的生活中的爱玛资财耗尽时，官司、欠款、家产的查封……这些沉重的惩罚，便接踵而至了。掩耳盗铃的爱玛，本以为自己的所作所为无人知晓。亦或，她是根本无视他人的存在。当财产拍卖布告贴上街头时，她是如此地被人所关注。但众目睽睽之下，连基本的廉耻寡义也不要的她，竟为区区8千法郎，如马戏团的小丑一般，满大街地四处奔走。进而，以熟练地出示自己的色相，以求得帮助。

他们，是生活在一个怎样的社会里呢？托特、荣镇，这两个贫穷的小镇，永远没有巴黎大都市那样整日歌舞升平的繁华。在小镇里，人们不可能读到闲书、举办舞会、观看歌剧。而缺乏善良和温情的人际关系里，狡黠的勒合、万萨尔、哈郎、吉的曼先生，玩弄女人的莱昂和罗多尔夫……这一个个肮脏的灵魂，在不断污染着社会空气。

险恶的布店老板勒合放高利贷逼爱玛于死地；龌龊的公证

人趁爱玛走投无路趁火打劫要得到她的身体；肤浅的药剂师奥默，利用卑劣的手腕挤兑夏尔以抬高自己。《卢昂灯塔报》，这张本是引导人们积极向上，且本着公开、公平、公正立场的报纸，却用一条条不切实际的新闻，在左右人们的思想。瞎子因讲了既是药剂师，又是《卢昂灯塔报》通讯员的奥默先生的膏药不管用的话话，影响了其声誉，他便利用通讯员的职务之便，连加逼害，致使被关入收容所，被判终身监禁。还有爱玛一手调教的贴身女仆费莉西，在爱玛逝世之后，也不加时机地将爱玛生前的衣物一干二净地偷走了。

……

这一幅幅弱肉强食的画卷里人性的描绘，是如此地肮脏不堪。死亡，不过是自然灵魂和有限主体的一种消逝。这种消逝

不过是对本身已被否定的东西再次的否定。把空无消除，再以死的形式再生。

砒霜有着剧毒，却成了爱玛摆脱困境的唯一良药。回忆，不能代表幸福，却成了悲伤中的夏尔的精神抚慰剂。但真相，却如一把利剑，在他们人生的黄昏，果断地结束了同在幻想中的夏尔的生命。

死亡并没有了却爱玛的债务。蒙在鼓里的夏尔依旧在帮助她偿还没上过一堂课的六个月的学费，三个月的租书租金，还有二十来封信件的邮寄费这些子虚乌有的欠款。最终，淳朴的夏尔在知晓了事实的一切真相后，也死掉了。他的死，是那样的郁郁寡欢、不知其所。

红尘世界，身处繁华和虚荣诱惑中的我们，也许就是那个喜欢幻想的爱玛，也会因外界的诱惑，暂时忘却自己本来的面目。但是，我们不能忘记的却是：爱玛的死，除了她愚笨的丈夫和刚刚长成的药店的小伙计朱斯丹之外，没有给任何一个人造成永久的损失。没有她，这些男人的世界依旧在正常运转。

玖　　拿什么留住你，我的爱

Chapter Nine. The Lover

姓名：（我）杜拉斯（法国）

出处：《情人》——玛格丽特·杜拉斯

身份：来华留学生

人生格言：懵懂的青春只知爱恋，却不懂爱恋

劳燕纷飞，可怜却是，未忍低回。
豆蔻梢头，海棠铺就，望梅肥。
隔江烟雨相依偎，浑不似，盈盈秀眉。
莫教经年，晚风寥落，镇日寒衣。

——柳梢青·彭娇妍

湄公河畔，属于法国殖民者的她与他在轮渡上邂逅。

她时年十五岁半，头戴玫瑰木色有黑色饰带的平檐男帽，帽檐下两条金色的发辫灿如瀑布般悬垂于胸前。托卡隆香脂掩盖了她双颊的雀斑，还有樱桃色的口红，更使这份青涩的美丽平添了几分成熟与妖娆。

他迷恋她的美貌，于是她坐进了他黑色的利穆新轿车。而她，则是来自食物匮乏的草原之鹰的巢穴。

因为她与他的交往，她的母亲和哥哥们由此获得了暂时可以果腹的食物，得到了价值昂贵的珠宝和首饰。她的上学和放学，还有专车接送。

她的这种建立在金钱条件之上的爱情，过早地成熟，便被学校老师坚决地将她排斥在其他同学之外。还有源自他的父辈的传统观念，她同样被他的父亲和家人紧张地拒绝着。

最终，这让她的家人觉得有伤风化的行为，以及极度的贫穷，使她不得不要与湄公河就此作别了。河岸边，那长长的轮船汽笛声中，她与他相视无言，亦不忍道别。

只是许久之后，黯然的哭泣，方才宣泄了离别时的伤怀。

1. 琴溪漾漾泛九槎

他们在一处公共场所的大厅里相遇。就像他们年轻时，十五岁半的她和二十七岁开着黑色利穆斯小轿车的他，在流淌着滔滔河水的湄公河轮渡上一样。无论是年轻时的金发碧眼，还是黄昏时分纵横的沟壑渐渐爬上沧桑的容颜，她在他的心目中，永远是最最美丽的……

她的出生，如草原上一种名叫隼的后代的成长。

建筑在高高的悬崖之上的巢穴内，裸露着躯体，身披薄薄绒毛的隼雏儿是至少有一个兄弟或者姐妹的。食物充足的季节，在父母精心喂养之下，它们快速地成长着。但是，一旦到了旱季，或者食物匮乏的时日，饥饿的来袭中，那个体格稍稍强壮的，便乘着父母外出觅食的空档，伸出它那尖硬的喙，向柔弱的同胞使劲地啄着。就这样，同胞之中，体质强的会更强，弱的会更弱。就这样，它一直啄着、啄着，直到……

堤岸的悬崖边，她的母亲时任法语培训学校校长，年幼的她只有十五岁半，是个胸前垂着两条金色辫子的小女孩子。家中还有两个雄性的雏儿，是父母共同抚育之下，同是生活动力之源的两个年纪分别大她许多的哥哥。

为了哺育巢中的雏儿，忙碌的母亲和病重的父亲，鸟一样时刻在外忙碌着。

他们为儿子们买下小湖边上的房子、在昂布瓦斯买下一处带森林的产业，后来又失去丈夫的母亲在古堡底层四十平米的大客厅里孵养着六百只雏鸡。成为寡妇的母亲让六头大绵羊在房间里过冬、还办过专教法语的专科学校……

尽管在寄宿学校里，她的法语成绩优秀，但这却未能取悦到母亲的欢欣。因为，在这个始终为自己的儿子而操劳，并带着严重重男轻女思想的母亲眼里，优秀的成绩不是出自两个可爱的儿子。母亲的愿望只有一个——希望自己的儿子有朝一日，能够出人头地。

但是，一切的努力却是徒劳的。栖身的居所、亲情的母爱……“食物”被大哥纵情地挥霍着。而亲人离去的脚步在她和母亲的呼唤之下，依然从容不迫地向前移动；在一只三更半夜失去控制的飞鸟狂躁鸣叫，又飞向父亲曾经办公的地点之后，重病的父亲黯然离世了；几年之后，成了会计的小哥哥，也在与支气管肺炎抗争三天之后，因心力不支死去了。

从小就在父母庇护之下的大哥，在目睹了自己亲兄弟死去之后，曾经时刻仇视自己相同血脉的兄弟存在的大哥哥，便把草原之鹰一般锐利的眼，和着来自心底的仇视的目光对准了她……大哥哥将昂布瓦斯产业的森林砍光后当作赌资一夜之间全部输掉了。家，一年、十年不变地，成了白布缠腰的债主不出声、也不离开的留守之地。

贫困，似乎一切罪恶的源泉，也成了年少的她生活里的中心词汇。为了钱，贫穷的她在自己稚嫩的脸上敷了粉，用托卡隆香脂掩盖了眼睛下面双颊上的雀斑，又在香脂上打上肉色的香粉。上苍，在点化成人的另一个世界里，成为男人的他，是富有的属于控制殖民地广大居民不动产的少数中国血统金融集团中的一员。这位家境阔绰的东方少爷，是家中的独养儿子。但是他，物质富裕的他，母亲却离他而去了，有钱的父亲十年如一日地住在沿河的宅子里，躺在床上经营那份富有的财产。和着远处的硝烟和战火，躺在床上的父亲，终日与鸦片、烟灯形影不离。

不论时间的长短，也不管地域的悬殊，她与他，这两条平行的铁轨，在某一天的某个时刻，注定是要相交的。这似乎就是人来到人世间的第一刻，上苍就定下的宿命。

在长长的鸣笛声中，轮渡在母亲一般的湄公河上来回地运送着匆匆而过的行人、车辆。人流之中，从沙沥开往西贡的汽车，载着扎着两条粗粗的金色辫子的她，一路小心地行驶着。在母亲任职的一所学校度完假后的她，从沙沥乘汽车回西贡。车子颠簸着来到遍布泥泞、盛产稻米的大平原，又小心地驶入了停泊在湄公河沿岸的渡船。

原本，身为白人的她，向来就是惹人注目的。这一天，还在兄长高大身形的阴影惊恐下残喘的她，身着母亲的茶褐色真丝裙衫，别出心裁地戴着一顶玫瑰木色，有黑色饰带的平檐男式呢帽。

或许是还没有从父亲刚刚过世的阴霾中走出来的缘故；亦或许，自己生命的光环长久地被两个哥哥所压抑。在惊恐的缝隙中小心成长的她，身形是如此地娇小、瘦弱、修长，扁平的胸部俨然未成年的小孩子。尽管她搽着浅红色脂粉的脸上，试图用樱桃红的口红，来遮盖她源自身体内部的苍白，但是怜惜、娇美，却如夏日里耀眼的阳光，明媚地射向轮渡的每个角落。

炎热无比的光线下，河水一如既往地滔滔奔涌着。流速极快的河水带着自然界里雄性姿态的气势，沿着轮渡的船舷在快速向后倒退。船沿边，戴呢帽的她，将胳膊支在船舷上，朝着滔滔的河水在静静地凝望。

肆虐的河水似乎可以随时掳走她年轻的生命。犹如沉在水底深处的岩石、教堂、城市的风景，也魔鬼般陷入狂怒的风暴。如同人的血液，从洞里萨、柬埔寨森林顺流而下的河水，风卷残云一般冲走了茅屋、丛林。死的鸟、狗，溺水的人、虎、水牛，在水中翻滚、游荡。一些她大脑里想象中的怪物，仿佛会从水中立起身子一齐将她拖下水去，和她死去的亲人一样，成为另一个世界的困顿灵魂。恐惧，一如夏日里渐渐生起的风暴，填满了她娇美的脸庞。

万分的恐惧之中，身穿浅色欧洲式柞绸西装的他向她走近了。

他主动与独自一人的她搭讪。

她点头表示致意。

风度翩翩的他用颤抖的手，向她递烟。

她微笑地表示谢绝。

她的微笑，卸下了他不是白人的种族差异和在陌生女子面前的羞愧。他夸奖她漂亮、头上呢帽的别出心裁。他告诉她，自己在巴黎读书，与她同住在沙沥。并告诉她自己来自中国的辽宁抚顺。

她微笑地倾听，并回告他，自己是沙沥女子小学校长的女儿，在柬埔寨买的租地上不佳的运气……

年轻而坦诚的心，在骄阳的炙烤下，快速升温。在“财富”这个美丽诱饵的迷惑之下，她为他的富有所动。因为貌似同乡而产生的熟识，他们很快找到共同的话题。进而，在司机的帮助下，她从汽车上搬下行李，走向了那辆黑色的利穆新轿车。

2. 清池无时任轻狂

黑色的利穆新小轿车源自父爱的慷慨。悬崖之巅的巢穴一般温暖的铁皮车箱，搭载的是来自地球东方的土地上，有着黄色的皮肤，东方血液的他。富有的他，迷茫地往返于巴黎的学校，还有越南堤岸属于他的居所。

或许，是为了她的到来而精心的准备。位于堤岸的公寓里，好看的地毯、摩登的家具、老式的电扇，在好似急切的张罗下分布于房间的各个角落。房间里光线暗淡，还没有来得及嵌上玻璃的窗，被条状的百叶窗暂时地遮掩着，同时也遮掩了居室中央硕大的温软床。夏日，喜爱偷窥的阳光，毫无困难地穿过了百叶窗那有缝的间隙，跑到了他们的房间。呈着放射状的光，照亮了屋里飘飞在空气中的尘土，随意地散在床上，径直轻躺在床头柔软的枕畔。

父亲的富有，是当地人群中生活起居的主宰。三百余处住宅的辉煌建设过程，蓝图一般地规划着堤岸的地势面貌。这是父亲创业的最初动力，也为父亲在越南作为“龙的传人”这一称号挣足了颜面。因而，子承父业，光宗耀主的固化思想，使家中独生儿子的他，被家族之内，上至最高的统治者，下到最底层的家佣们一一宠爱着、娇惯着。

但是，二十七岁的他，对于父亲年少之时的睿智、果敢、创业和守业，似乎没有任何继承和关联的迹象。过度的纵容和富贵，滋生的却只有无望的坠落和绝望。位于成年人行列的他，依旧寄生虫一般地吸附着来自父亲的财富，慷慨地挥霍了父亲精心设计的，在所谓的巴黎最好的学校接受教育的最好时光。他的出行，由黑色的利穆新小轿车代替了脚的劳动。专职的驾驶司机充当着他来去路段中掌握方向的舵手。

这暂时的富贵和虚华，其实就如天空中薄薄的风筝，只要狂风稍稍地施展一下它的威猛，风筝那薄如蝉翼的翅膀，便会挣断在地面依傍的绳索，成为一片天空中没有定所的浮萍。所幸，乘着春天一般的暖风在空中飞翔的他，在地面的依傍暂时是完好的。尤其是在鸦片的诱惑面前倒下的父亲，在失去母亲许久后，也没有再娶。父亲殷实的产业，依然富有，依然属于将来的他独自享有。

位于西贡的寄宿学校校门前，成为了夏日里邪恶与欲望使者的黑色利穆新小轿车，搭载着木然的她往返于学校和他的住处。那温软的坐垫罂粟花一般地开放在车厢的内部，花托一般的坐垫上倦怠的她，走进了他先前设计的位于城市南部的公寓。

或许，公寓的存在，是他那富有的父亲，在鸦片的面前还未曾倒下之前给本地人盖房子的过程中日渐鼓胀的荷包里偶尔的遗落。公寓不知建于何时，亦不论出自哪位手艺卓绝的工匠之手，外部四壁被刷得粉白，开向热得像大火炉一般的户外的窗，被厚重的帆布遮掩着。通向另一个房间和花园的是一扇圆形拱顶的门，蓝色栅栏围成的花园，开满了娇媚的花。这些在极力展示自己美貌的植物，因夏日阳光的炙烤而显得低迷、猥琐。

属于他俩的公寓，鸟儿的巢穴一般静默于繁华的尘世之间，阻挡了来自大自然的风、雨、雷、电。公寓静默着，它安然地耸立在堤岸丛林一般的骑楼群中，无声地接纳着因贫穷、恐慌、冷落而被赶出家门的她。

房间的陈设彰显着主人的品位、喜好以及地位。二十七岁，心智、理想是已然渐趋成熟的年龄。因此，房间的布置是奢华时尚的。

堤岸的街道，贯穿着中国人聚居的城区和西贡的中心地带。广场一旁的大教堂前，怀抱婴儿的圣母玛丽亚，慈祥的面容凝视着街道上过往的一切。宽阔的公社广场以及美国式的大马路上，有轨的电车、“倒骑驴”的人力车、黑色的汽车血液一般，从城市的某个方向，疾驰而来，又按照它们自有的路线，快速流向城市不同的方向。最后，再缓慢地溶解于堤岸的骑楼、棚户，以及鹤立鸡群一般的豪华府宅之中。

黄昏时分，没有玻璃的窗是羞涩的。百叶窗静寂地依恋在床的对面。没有约束的他们，在房间四壁的庇护下，纵情地缠绵、释放。

其间，焦糖的香味，炒花生的香味，中国菜汤的香味，烤肉的香味，茉莉的香味，煤炭的香味，带柞丝绸果子的香味，丛林里草的香味，还有来自他身体上有着蜜一样香味的英国烟，在房间里将她包裹。激情之中，来自天空中的一缕缕洁白的光，被百叶窗规整地分割成一条一条，均匀地洒落在他们裸露的躯体之上。床与城市仅一墙之隔，赤裸的他们和城市里匆匆而过的人群近在咫尺。

一如生长在阳光底下的花蕾。她，或许是他堕落的生活里，众多的女人中的一个。而他，则是她仅十五岁半的年龄里，本应在教室、图书馆、梳妆镜、钢琴之间闺藏，却被提前暴露于冷风之中，提早开放之后结出的膨大的虚幻果实。

越南四季炎热，在他们的纵情欢愉中，暗夜也在阳光的匆匆离去中悄然而至。马路两旁，在相等的距离之外，同时由路灯的顶端发出的光，把天空照耀得温润暧昧。蛰伏于灯光之下蠢动的躯体，如沐浴在战争中的炮火，连同公寓被城市的喧嚣掩埋着。在战争的掩护下，炮火掀翻了的大地，泥土、尘嚣随着炮火的激流而不得不抛向天空。光的速度，是人脚步行走的十万倍。就好比爬了一座高大的山，欲望的翅膀脱离了地球引力而展翅向着天空时，脚只能借助双腿的摆动小步地朝前迈。从一个房间走向另一个房间，人群依旧拥挤嘈杂，马路依旧匆忙漠然。

同样为了生理需求的满足，刚刚由欲望的整体，化作独立的个体的他们，在饥饿驱使下进入到高大的如同百货公司一般的中国饭店。同先前蛰伏的公寓比较，明亮的饭店大厅内，风扇在悠然地旋转，厚厚的帷幔阻隔了来自中国乐队的柔美的曲调。果腹的满足放松了先前紧张的情绪。思想的欲望泉水一般喷涌着，随之而来。由于食物的补给，本来近乎要虚脱了的躯体重新焕发了活力。精神也为之一震的他们，在餐桌前述说着各自的家世、出身。

沟通，是架设心灵桥梁的砖瓦和基石。

缺少了桥梁之上基本的砖瓦和石料，孕育了各自冰冷的家。沟通极度的缺乏，造成家庭成员之间如一只只翱翔在草原之上冷漠的鹰。他父亲的发迹，母亲的亡故，作为独养儿子的优越环境，自己上学、辍学的劣迹；她时任法语培训学校校长的母亲，刚刚因病过世的父亲，狼一般地怒视着自己兄妹的大哥哥，在大哥哥决意要搞死自己的怒目中猥琐的小哥哥……还有家人之间互不通话的喑哑，时刻被撕打、辱骂充斥的家庭空气，也在这一张充满油光的饭桌上被陈述，并伴着彼此欣喜、微笑的作料，在她与他好奇的灵魂中下咽着。

心灵桥梁上的缝隙在慢慢变小，纱幔一般的屏障在一点点消除。沟通之中，桌子前方，两颗赤裸的灵魂从此不再陌生。

3. 东风未怨莫自嗟

在战火的硝烟背后苟且偷生的他与她，将时光、青春、财富、亲情和欲望，在公寓里纵情地挥霍着。汉语、法语、越南语，在堤岸的公寓，中国饭店，堤岸的大街小巷，以及黑色的利穆新小轿车旋转的车轮所经过的地方一一撒落。

由于母亲为沙沥女子学校校长的缘故，她的学习成绩原本优异。可不是男儿身份的她，这些发光的星点被忽略不计了。有着法国白人的高贵身份，本应是在她所处的环境当中，倍受瞩目。但是，以经济作为基础的杠杆，最终偏向的是黄色皮肤和东方血统。花儿一般的年龄，本应享受公主一样的宠爱，可华美的服饰、良好的教育、可以自由支配的零钱包……都因家中那个唯一的顶梁支柱在病痛的袭击中悄然离世而被剥夺。共同剥夺她的一切的还有，两个狼一样的哥哥，不断地用尖端的爪牙在吸食着自己的同胞。除此，大哥哥的吸毒、贱卖家资，同样快速地消耗了原本不太厚实的家庭积蓄。因而，本应是温馨而富于亲情的家庭，风筝一般，与幸福渐行渐远。

金钱，在西贡盐碱地一样的家庭中，显得如此珍贵。年幼的女儿，个人生活里有了他的存在，母亲其实是默许的。因为，母亲的这个逐渐成长、花儿一般绽放的女儿是美丽的。就像开放在花园里的花朵，那美丽的外表，必然会招徕众多的蜜蜂与蝴蝶，同时还会收获更多的花粉与花蜜。

贫穷，使得她和她的家人，在当地的居民之中如此卑微低下。但是，在价格低廉的寄宿学校，有着白人血统的她却是学校、老师看重的。因为有了她的存在，这所贫困孩子聚集的学校，便可以在“白人”的庇护之下，享受着政府甘露一般的赦免、优惠。与此同时，在母亲的眼里，作为家人幸福生活筹码的她，在寄宿学校就读的学费也是低廉的，待遇却是优厚的。除此，学校担忧的夜不归宿，母亲则是以“女儿自由惯了，不给自由，便会逃走”的借口搪塞了。

尽管当初的母亲，疯了似的注视同他交往中的她。并一把扑在她身上，将她死死地抓住。把她关在房间里，雨点般的拳头，落在她纤弱的身体上。厚厚的巴掌，死命地扇在她的脸上。衣服被剥光了，母亲警惕的鼻子在逐一检查她的处子之身。母亲的思想世界里，被年少的女儿有无与这个中国男人产生肌肤相亲的疑惑所充斥……但是，在后来的时日，贫穷的恐慌，在女儿的自由中得以缓解。为金钱而焦虑的母亲，又对女儿的“自由”纵容了。

口红、胭脂、戒指，这些与她花蕾一般稚嫩的年龄迥然有别的物什，统统地出现在她的身上。她出入旅馆一般自由地出入于寄宿学校。他的黑色利穆新小轿车远远地，停在寄宿学校的周围。

他们由陌生到熟识。女子寄宿学校的校门前，等候的黑色利穆新小轿车，准时地停泊在既定的位置。硕大的钻石戒指，很快戴在她纤弱的无名指上，而且如此耀目诱人。想必，在戴上的那一刹那，她是拒绝的。毕竟，在贫穷的寄宿学校内，生存与生存之外的物质奢华，鲜为人所有。在钻石一般耀眼的光芒里，她如同钻石一样珍贵。他珍宝一般地给她洗澡，擦洗身体；孩子一般地给她施脂敷粉，穿衣裳；艺术品一样地对她观赏着、赞美着。他担心着年轻的她会遇到别的男人，也担心着法律对自己“玩弄未成年少女”的惩戒。

仓皇之中，他羞涩出现在她的家人的面前。由于种族和血统的区别，他在她的两个哥哥眼里，显得如此矮小、瘦弱，且是如此微不足道。但是，在他们不曾见识过的中国大饭店内，这个富有的有着黄色皮肤的中国人，却轻易地虏获了贫困之极的母亲焦虑的心。

最初在她的法国家人面前，他空气般地存在着。面前只看到两个哥哥微微的笑脸，和两张低头不停进食的饕餮大口。

一旁，缄口不言的母亲，也只是对价格昂贵的菜肴作着少许的评价。自告奋勇的他，试图用自己经历的傻事、乐事、趣事打破沉默，但收效甚微。

整个宴请，除了沉默，还是沉默。直到最后的付账，放在托盘内的七十七皮阿斯特，让母亲笑了。或许是由于他的算账、付账过程中，低头沉思，手掏腰包显现出来的笨拙动作；

亦或许是给予小费的慷慨。母亲总之是笑了。因为，七十七皮阿斯特的支付足以表明了这个黄色皮肤的中国人的经济能力。女儿的交往，至少是可以为这个破败的家庭，给予足够的进账补贴。

交易，似乎成了不用感激也不需回报的买卖。没有谢谢、没有问安、没有寒暄、没有告别的宴请，就这样结束了。在讨价还价的争论中，他疲惫而面露殷勤地应允两个哥哥想去泉园的愿望。提款机一般的他，在大哥哥的威慑下，马泰尔－佩里埃酒酒精在泉园开始肆意地燃烧。此外，因为不是星期天的原因，来客很少，缺乏舞伴的哥哥因此骂咧着、抱怨着、孤单地舞蹈着……

尽管，他极力地在她的家人面前殷勤地奉献，讨好，但与生俱来的粗暴、冷酷、侮慢依旧是她的家人永久的名片。缺乏最基本的礼仪和人际交往教育的大哥哥、小哥哥战争一般地掠夺着、囚禁着对方的一切。冰窖一般的家，没有圣诞树、没有绣花手帕、没有鲜花、没有纪念，更没有情感的硬石块一般的家庭。

瑰丽的鸦片魔鬼一般统治了她大哥的精神世界。满是鸦片诱惑的疯狂之手，肆无忌惮地伸向了母亲、仆人的钱柜。翻个底朝天的衣柜，翻橱撬柜的工具，来自亲戚的珠宝、食物，病菌一般玷污着整个家庭。房产、林地、青铜佛像、铜器、床、衣橱、被单……一件一件被债主们带走了。偶尔有母亲不曾忘记的曲目，清洗房间时飘散的肥皂清香浸润着她，但顽石似的冷漠，已标志性地侵入到了每个人的心底。不断地啄食，大哥哥最终成功了。她的唯一对自己有着体恤之情，深爱她的小哥哥死于 1942 年 12 月，日本占领时期。

如此的家人，如此的面孔，他，是惧怕的。尽管她是他一生中，最最宠爱的女人。但是，肤色不尽相同的血统，加之由贫穷带来的母亲对于子女教育的拙劣，大哥哥罪人一般恶劣的名声，还有她小娼妇一般的模样，更换不来他的传统思想浓厚的中国父亲的丝毫青睐。所谓的情谊与交易，只限于他、她、她的家人。

4. 相对无言缘已了

月下老人在朦胧的醉意间，将这两个来自不同国度，不同肤色，不同家族背景的男女用红色的丝线系在了美丽的葡萄架下。

但是，子承父业的使命重任在他的身上延续。有失体面的行为劣迹，重锤一般地敲打着有着法国国籍的她。她的周围，以及他父亲沉重的心房里，是有关于她的观念、名声、标准的种种判断。压力与抗争，舆论与传统，肤色与贞洁，最终，这根细小的红线在亲情的合力围剿下挣断了。

金钱面前，这份懵懂之爱曾是有价的。

美丽，而且有着高贵的白人身份，本应是富贵且受人尊敬的。但被贫穷的毒蛊困惑的母亲，对于如何教育女儿，知识却是如此地欠缺。幼小的她，如母亲精心炮制的一枚诱饵。她被母亲如何取悦异性的暗示引导着。母亲对女儿连最基本的人生教育都不知晓，一味自欺欺人在众人面前赞美着女儿的美好，用非常规的细细的丝线缠绕着懵懂的她。她涂上了鲜艳的口红、穿上了过于成熟的服饰，系上了带镶金条带的鞋子，招摇地昭示于过往的每一个富有的、年轻的或年老的男人面前。

丑陋，就这样，被母亲无限制地放大了。丢人现眼，不顾廉耻，成了她的代名词。手指上招牌似的那枚耀眼的钻石戒指，同样也来自母亲刻意之间的教诲。点点滴滴，似乎都在一一向人展示着和十五岁半的年龄不相称的妆扮。不论是已婚的还是未婚的男人，都可以围转在花儿一般年少的她的面前。

流言不需任何媒介快速在沙沥传播。人群之中，她的放荡，不顾廉耻，有伤风化……被人们瘟疫一般隔离着。学校下达了禁止和她说话的命令，姨母拒绝了自己的孩子与她的交往。

同样，坏名声的异国少女，风尘女子一般的出身，在家境富有的他的家人面前，是如此劣迹斑斑。这样的行为，这样的出身，还有不同的肤色是不符合他的父亲对儿子终身伴侣的基本要求的。父亲的那个庞大家业，要的是一个贤淑的、品格正统的、且有着相同肤色的女子来配合儿子完成。因而，猝然中止，含怨分手，这些千古不变的悲情模式，在他们面前由此上演。

爱情不代表终身相许，恰如一见倾心不等于白头偕老。她母亲的出国签证到期了，他的父亲那庞大家业背景在幕后的操纵，离别的日期便踩着倒计时的节拍朝他们赶来了。离别，暂时浇灭了哥哥们那一双双狼一般的眼。从此，痴情的他，还有被他万千宠爱的她，就要咫尺天涯远隔一方。

逼仄的港口，嘈杂而忙乱。送别亲友，迎接远方的归客；硕大的货箱，沉重的行李，统统在港口的码头，连接航船的楼梯间来回穿梭着。法国邮船公司专用停车场上，黑色的利穆新小轿车缄默着。没有离别的话语，也没有伤感的悲泣。有的，只是心灵相息的久久凝望。款款的深情，随着滔滔的江水远去了。岸边，海葵触角一般挥动的手臂，没有一只属于他的。人群之中，高大身影的他呆呆地矗立。巨大的航船，吐着沉沉的黑烟，再一次凄厉地低鸣着。

荡漾的船只旁，恍若隔世一般的他们仿佛再一次地回到了那个炎炎夏日。秋水伊人一般的她，独自一人倚在栏杆的旁边。美丽、俊俏，永恒地摄取着他迷离的眼球。一如平常的日子里短暂的离别，没有任何的情感表达。微风拂浪般摇晃的大船搭载着无言的她，在船舷边久久地停留。凄楚之间，只有轮船顶部的那一声声长长的鸣笛，在为他书写离别的痛。

不忍离别，不如归去。他转过身去，黯然地回到了汽车的后座上。他依旧默默地守望着航船上即将离去的她。长鸣的汽笛哀怨地吐露着别离的伤感。再一次的长鸣之后，跳板撤去了。黑色汽车车厢内，一滴晶莹的泪，伴着天空里，不太明亮的光，追随渐渐远去的船只而去。

船的头等仓中玩牌的沙沥地方长官的儿子。十七岁，那个身材高大，面容和蔼，戴着玳瑁边眼镜的儿子，没有留下只言片语，只是把牌放下，走出酒吧间，穿过厚重的船甲板，纵身一跃，飞鸟一样地脱离了地心引力的束缚，悬浮于宇宙之内的空气之中，又在重力的作用下，坠入那透明的海水之中。

无处不在的水，迅速包容了这个年轻的躯体。水立刻从鼻孔、口腔、肺，还有那双戴着玳瑁边眼镜的眼浸入了。没有挣扎，只有沉沉地下落。绝望，虚妄的狂热，蛊惑和诱骗，疯狂的情欲，

随着与海水和为一体的自杀方式，就此全部结束了。

二十四天的航程，疏远了可以用脚步来丈量的路途。中国海、红海、印度洋、苏伊士运河……如同明亮的利剑，划开了他与她的距离。渐行渐远的归国之途，有平缓的河流，也有明显的航道，船在泪水一样晶莹的水里漂泊。

尽管路途遥远，从此天隔一方。但是，爱到宁可为之去死的心却从未间断过思念。

哭泣。离别之时的惆怅，本应是在分手之时流淌于船舷边的哭泣，终于，在这位自杀者的决裂撞击中姗姗来迟地爆发了。

船舷边那直挺挺的姿势，一如殉道者的自杀男孩。在金钱与肉体的交易天平前，曾经她是迷失的。金钱迷失了爱情的判断。似乎，她与他除了金钱，就只剩下了激烈的情欲。但是，在他的世界里，她永远是他美丽的，最最宠爱的女人。他慷慨地为她花费着她应得到的一切，在威严的慈父面前，悲切地祈求着同她一起的一切可能。

如今，这份真挚之爱，已随着她在回到法国时，停留于沙沥港口的那一声声哀怨的汽笛，而永久地消失于历史的长河之中了。空阔的堤岸公寓内，激情不再，温存不再。源自她身体上残留的余香在渐渐消散。浴池里，洁白的双耳瓮中积满的清水在一点点干涸。浩瀚的大海那边，只有爱的航船在沙沥的心中滞留着。

虽然，孤独的他与父亲僵持着。作为金钱奴隶的他却是软弱的。那个十年之前就已经在媒妁之言的使命之下成为他新娘的女子，顶着红色的盖头，在族人的陪伴下从中国的抚顺向他走来了。

尽管，热闹的婚礼场面震撼沙历的地面，父亲富足的家资如愿满足了他的继承权益。但是，洞房之内，在金玉缠身的新娘面前，那双哀怨的眼是迷离的。那个戴着男式呢帽、穿着茶色裙衫、两条长长的金色辫子的白人少女的形象霸道地占据着他的思想、欲念。无边的温柔亲吻，阴暗深渊的激情欲望，长久地深深地占有着他的灵魂。

木然，没有感情的婚姻，在他的生命里延续。基本的生理欲望取代了缠绵缱绻的蜜语。关于她和他的流语碎片充斥着“她”和他的生活；月圆之时，相思，无望，在他漫长的人生旅程跋涉着。“她”，成了在他的家人压力下，赫然闯入的第三者。

虽然时光打磨了光鲜的容颜，承祧姓氏的重任在岁月的河流里冲刷着。但是，挥之不去的相思与等待，决绝地趋使着他，等候着父亲的离世。以自由之身的步伐，在沙沥的港口分别许久之后，他走向她所在的法国……

拾　人生何处再相逢

Chapter Ten. Snow Country

姓名：驹子

出处：《雪国》——川端康成

身份：善弹三弦琴的雪国温泉旅馆的五等艺妓

人生格言：退而求其次的等待中，误了青春，也误了他人

花开花落，云卷云舒。只道冰结怨，擦肩而过任流年。胜无数，繁星点点。秋虫轻舞，夜莺啼血，不解重帘天远，别时落落醉疏狂。想通透，绝尘漫漫。

——鹊桥仙·彭娇妍

周遭是雪的世界，孕育了美丽的她。五等艺妓的她，是三弦琴师傅儿子的未来媳妇，但是在命运的鬼使神差下，遇到了以研究欧洲舞蹈为名到此的他。

她为他的才华所折服。借着醉酒、送食物的机会，她主动接近他。她倾心为他伺候饮食，陪他四处游玩，请他阅读自己的日记，还邀请他到自己的住处参观。并嘱咐他，一年来一次就成，带夫人来也可。

但是，仅仅是追求她的美貌的他，对她的如此种种，给予的只是“徒劳”二字。因为美丽的她，只是他平淡的婚姻里，在美丽的雪世界中找到的一点小小波澜。

一如雪国里挣扎的秋虫。春夏过后，这些在雪国的田地、山川、纺纱厂四处飞翔的虫儿的生命便结束了。而她，也在漫长的等待中，青春的年华和美丽的容貌，随匆匆的时光与冰雪一同消逝。

1. 雪水残冰浪子堪恋

“春花秋月杜鹃夏，冬雪皑皑寒意加。”雪，是娲皇氏在造人时特地留下的色彩，用来描绘和弥补人世间缺憾的美的事物。

一颗悠然的心，在由冰雪组成的国度里，寂寥地凝望一副副满是冰冷和忧伤组成的中国水墨画画卷。

夏

似乎还在和温暖的南方交换着季节的拍子一般，初夏的雪国还在空气里久久地散发着沁人心脾的凉意。虽然，这里的枝桠在悄悄地吐露着嫩绿的颜色，但是，雪国的山川、田野、河流，依旧寒意浓浓地不肯解除冬日里的封冻。田间阡陌的低洼处、山间的深凹里滴着水滴的冰，迎着橘色艳阳，在闪着亮亮的光。这冰冷的世界里似乎没有一处生的影像，唯有两只蹁跹起舞的蝶儿，在岛村暂住的客栈后山寂寞盘绕着。

凉风习习的三伏天，雪国的山上，挺拔的杉树吐着暗绿的叶密密地亭亭地竞相生长，热烈的长势似乎遮蔽了苍穹，丰茂的枝桠之下，一泓弯弯的小溪从山间悠然地流淌。

在明镜似的溪水里，山石被柔软的溪水冲刷了先前尖利的棱角。伴着潺潺的流水声，阳光从杉树的缝隙洒落在水面，从水面反射出的粼粼波光照耀着原本疲惫的岛村，在这明媚的温润中，他似乎感觉到了来自心底的甜蜜和圆润。每当下雨的时日，有斜坡的小山岗上，山间的层峦和山麓的屋顶便因迷濛的细雨清晰地闪现。

雪国的天，同样是如水晶一样地晶莹。不管是有无月亮的日子，雪国的夜空总是被多得难以置信的星斗占据着。黑苍苍的山峦之间，这些不知疲倦的繁星，一律齐齐地在静谧的夜空中闪着亮亮的光，且在满是愁绪的岛村面前黯然地低垂着。

秀丽的山水之间，有一位名叫驹子的妙龄女子，将这美丽的山川、河流，还有漫天飞舞的雪当作了观众，在刻苦地练习着三弦琴。在练琴的同时，她还每天坚持着记录自己亲历见闻的日记、读着令自己感兴趣的小说，并且利用每晚的闲暇，在灯下作着读书笔记。

这样一个有追求、热爱生活的风尘女子，在有着妻室儿女的岛村眼里，俨然是位浑身流动着超凡气质的清水芙蓉。她睫眉深黛，有着雪白的脖颈、似矿物般乌黑冰冷的头发、泉水一样清秀的面容。那双垂下的眼睛流露出的是令岛村心驰的温柔娇顺。她的这份清纯，给人的印象是出奇的洁净的。以至于，在积满残雪、抽出嫩芽的山上初次和驹子相遇并相识的岛村，最初把她当作了一般人家的良家闺秀。岛村甚至还联想到，她的脚趾弯里也是洁净的。

如此的美景，加上天真烂漫的清纯与质朴，便成了这个有着妻室儿女的中年男子魂牵梦萦的心灵悸动。从而也羁绊了坐食祖产，前来栖心疗养，并偶尔通过照片和文字资料研究西洋舞蹈的岛村的脚步。

初次相识，彼此之间是羞涩的。四眼相对时，洁净的驹子的脸上总会泛起浅浅的红晕。以至于被洁净的感觉占了上风的岛村，在需要找寻艺伎时，只把驹子当作了普通的朋友。

在驹子的心中，来自东京的岛村包容、富于才学，且有着中年男人成熟的风韵，亦是令驹子心仪的。因而，因冰雪孕育而生的美丽驹子，在才子一般的岛村面前，时而热情奔放；时而温柔和顺、时而倔强顽烈，又时而宁静忧郁。在岛村的面前，她小心地释放着自己的情感，借着一切的机会与其接近。

冬

寒风萧瑟的雪国，在大雪来临之前，总会给苍茫大地以提前的预告。常年被冰雪覆盖的山川，此时会被云雾环绕，露出茫茫的白色并被呼啸的风呜咽着。偶尔从山川的犄角露出的田园，凉风洗礼的大地上，海在呼啸，这海吼山鸣一般的气势，掩埋了本真的美丽，封冻了同样和雪一般纯洁的情谊。仅仅留下了温泉这一方，带着温暖残余的明镜。透彻地照耀着这个冰雪的世界。

宁静的淳朴，隔绝了一切的欲望。美丽的驹子，似乎成了没落的岛村人生旅程中一道美丽风景。从驹子的身上，岛村内

心曾经跳跃燃烧的火焰，再次如甘甜的山泉流淌于这个虚幻的世界。

因了驹子的存在，又一年的雪季，岛村再次向着雪国鸟儿南迁一般地出发了。

火车飞驰的铁路沿线，铁路人员临时工作的木板房繁星一般散落在山脚下。被皑皑白雪覆盖着的连绵群山，在快速地向后倒退。黑暗的夜色里，带着雾气的玻璃窗变成了一面温馨镜子。镜子上，映着的是身体羸弱的男人，在温柔的，有着无法形容的美的女子照顾下，裹着厚厚的围巾苍白地侧卧着。这对俨然情侣、亲人的男女身影，伴着窗外时明时暗的晚霞余辉，印在明镜似的车窗上，宛若一幅温馨而虚幻的爱情画卷，使疲惫的岛村顿然惆怅了。

冬天的雪国，雪格外地慷慨。十二月上旬，先前将近七八尺厚的大雪已经融化了。但随之而来的一丈余厚的大雪，同样呈着倾泻的态势在天空安然地等候。被赫然莹白的雪覆盖的大地上，火车在信号所前停驻了，经过了三个多小时的铁路行程，穿过一个又一个长长的铁路隧道的岛村，再次踏上了雪国晶莹的土地。

雪国因为有美丽的驹子存在，原本被洁白雪花掩盖的大地，失去了北国冰封万里雪飘的磅礴，并在明透的星空之下，透露着骄人的妩媚和妖娆。大雪纷飞的雪国大地，空气也是洁净的。先前感冒总不见好的岛村，在走下火车车厢的一刹那，便被这冰凉的气息一下子驱散了脏污的藩篱，顿时感到清新了。

雪后放晴的温泉客栈，被一串晶莹的冰柱包围着。滴答着水滴的冰柱在阳光的照耀下，闪着明亮的光。从客栈的窗口俯视镜县的山峦，熠熠生辉的白色积雪，似乎把天空映得明亮起来了。顺着客栈挖出的临时小沟，流淌着浴池流出的冒着洁白热气的池水。

岛村沿着山上客栈的坡道信步朝村里街道的方向走。和着从房檐滴落的滴水声，穿着厚厚雪裤的汉子，正在房上清扫着被暴风雪埋没的屋顶。在耀眼的亮光中，岛村走过了屋顶已倾斜，玻璃窗上画着陈旧的彩色画的茶馆，看到了屋顶葺着细木板、铺着被积雪凝聚成黑色的石子的村民住家。不太宽阔的小路上，一群孩子还将小沟里厚厚的冰块扔在路上，作着嬉戏打闹的游戏。冰块被孩子们抱起，又在满是冰雪的路面落下，在碎裂飞溅的同时闪出的光亮，使岛村停下了呆呆的脚步。

除此，靠在石墙上打毛线的少女、手拿毛线团的三岁小女孩、另一边屋檐下五六个站着聊天的艺伎……均在迷乱地拨弄着岛村渴望的双眼。人群之中，岛村在寻找。寻找他曾经以朋友相待，不知名姓的美丽女子——驹子。

原本在老家伺候生病的师傅的驹子，想着岛村在这个多雪的季节一定会到来的脚步，心有灵犀地特地赶来了。

果然，在聊天的艺伎中，驹子悄然地静默其间。抬眼之间，见到心上人的到来，砰然心跳的驹子，脸立刻红了起来。久别的喜悦，使脖子根都涨红了的驹子低着头朝岛村走来了。

久别重逢，岛村与驹子更加熟悉。借着要看一看日记的调侃，他们从低矮的石墙后面进入到了驹子的居所。

这是一座静立于白雪覆盖的田野上和房前种植着干枯柿子树的破旧房屋。

虽然驹子的邻人们在房前修建了小小的荷花池，在池中放养了红色鲤鱼。还将池中凝结的冰块，捞在了一边。但是，属于驹子的只有登着梯子而上，顶楼上那麻雀内脏一般逼仄的空间。半悬于山巅且是低矮、黑暗、旧纸箱一般的简陋的居所里，低矮的窗上，细格的纸门上新糊的，墙壁也精心地贴上了好看的毛边纸；衣柜里，同样干净的衣物被折叠得整整齐齐地排放着；居所中间被炉上的棉被，同样干净地冒着干净的热气。这使得岛村在此丰富地遥想，驹子，就是一条有着透明身躯的蚕蛹在此冬眠着。

这不大空间容纳着两颗彼此互相吸引的心。驹子为岛村的再次到来而欢欣，为博情人欢笑，她纵情地展示着自己的才华与娇憨，向岛村述说着自己的身世，故事一般地讲述了师傅独子的境况。岛村也向驹子打听着关于来时火车上，美丽女子有关和无关的点滴情况。

她熟练地抱握着三弦琴，在按摩女为岛村按摩的间隙，为其弹奏着《劝进帐》的曲调。

美与丑，跌宕与舒缓、忠贞与卑劣的历史背景之下，驹子那娴熟的三弦琴旋律中，演奏出了源氏灭平氏之后，取得政权的源赖朝，又要除掉立下卓著功勋的兄弟源义经相遇的情形。在惶恐的神色之中，岛村仿佛看到，义经知道后被迫与他的家臣弁庆化装成化缘的僧侣逃走。他们逃到安宅时，为源赖朝的守将所怀疑。沉着又机智的弁庆将通关的证件假作化缘簿，高声朗读，解除守将的怀疑，又用鞭挞义经的办法，证明义经是他仆人……

激昂的旋律、惊心的历史，雪冰中的岛村被好听的音乐所陶醉，同时也被驹子的才情所折服着。

那婉转的三弦琴曲调，似乎也在同中国古代漂流于长江之上的凄婉琵琶旋律应和着。

月白风清的长江之上，委身为商人之妇的长安歌伎，落没地弹奏着铮铮琮琮的琵琶舞曲。伴着粼粼的波光，如珠落玉盘、似冰下清泉的优美旋律，使被贬于江州任司马的白居易在闷闷的醉意和凄凄的离别之情之中，顿生同是天涯沦落人的惆怅。

“曲终收拨当心画，四弦一声如裂帛。”以至于，这悠悠琵琶之声和着辛酸的眼泪，穿过了悲凉的秋风，久久地回荡在波光之上。

犹如流淌于驹子心中的伤感眼泪，纸质格棂的窗前，晶莹的冰柱在阳光的照耀下，闪着耀眼的亮光。这一年之中仅仅几天的短暂的相聚，是令渴望爱情之花能够结出果实的驹子无限愤懑的。温泉客栈房间里破旧的梳妆镜里，一夜温存之后的对镜晨妆，伴着美丽红颜，还有挽起的乌发，在白雪的烘托下，令岛村悸动。但是，生着玲珑而悬直的鼻梁、宛如水蛭环节的紧闭柔唇、微微下弯的浓密眉毛下如在白陶瓷上抹了淡淡胭脂的驹子的脸庞，却如此地哀怨。

秋

离开东京老家再次来到雪国，已是晚秋了。

雪国的丘陵，因盛开着长长的、狗尾巴模样的芭茅花朵，而闪烁着银色的光。客栈杉林的边上，不计其数的蜻蜓如秋日里漂飞的蒲公英一般飞舞着。熟透了的红柿子红灯笼似的悬挂在县界小村居民房屋的四周，因了光和火的诱惑，生命即将在这个季节里走入尽头的秋虫，齐齐地聚集在客栈房檐下的装饰灯下挣扎着。它们抽搐着腿脚和触觉，痛苦地拼命挣扎着。这就像驹子被迫流落于生活的最低层，在内心深处感情与理智、憧憬与命运的挣扎。这样无望和徒劳挣扎，似蚕儿吐丝一般，最终是要被洁白的丝所包裹的。

又是长久地、将近一年的离别，驹子比先时丰满了。已经二十一岁的她，在清秀的眉目之间，透露的是日渐成熟的举止。

二月十四日的赶鸟节，是雪国积雪最厚的时段。乡村的道路上，岛村与驹子在携手散步。在他们并肩的信步之间，留有稻草绳的雪殿堂屋顶，孩子们在你推我挤地唱着赶鸟歌。或许是得了爱情滋润的缘故，缺少了温度，又被满是苍凉的虚空占据的雪国，一切都和水晶一般晶莹剔透。这浓浓节日气氛里，滑雪场底下开着白色荞麦花地的左边，逝去的三弦师傅独子的坟茔在孤单地静默着。这插满白色菊花的坟茔前，唯有叶子——岛村曾经在火车上相遇的美丽女子，每天到此凭吊。

“身是菩提树，心如明镜台。”周遭是雪的世界里，因窗户开启而漏入的北风，使停留于纱窗的飞蛾飞了起来。立于窗边的梳妆台的镜子上，映着山坡上重峦叠嶂的满山红叶。冰冷的纷纷扬扬的大雪花黯然地从天空中再次飘落。冰雪之中，枫叶那红褐的颜色渐渐褪去了。远方峰峦之中的杉林，似乎也因着冰冷的雪，一株一株，分外鲜明地耸立在雪地上，凌厉地指向灰暗的苍穹。

将要如秋虫一般从雪国离去的岛村，带着几分逃避的意图，依旧独自一人在村子的小路行走着。估衣铺里，那一匹匹记着纺织姑娘姓名和地址的绉纱，在岛村的眼前罗列着。这些象征纯洁的缫丝，在从小开始学习纺织的姑娘们手中织成美丽的丝，尔后铺在雪的表面反复晾晒而成的织物，形如一枚枚薄薄的蝉翼，带给人的是清凉、舒畅。

这些美丽织物的背后，驹子和叶子其实也是众多纺织姑娘中的一员。因而叶子的“驹姐，是个好女人”的话语，如惊雷一般地在岛村的耳边响起了。不是惊诧于这两位女子的精巧技艺，而是这个已婚男人，对于自己在落没之中，对爱情、青春、少女的低劣亵渎。

熊熊的大火从影剧院里燃烧了，人们的奔跑中，驹子撕心裂肺的呐喊中，这里，最终化成了美丽的灰烬。美丽的叶子，也随着这场意外的大火，以美妙又凄楚的姿态凋落了。

雪国里，孤单的冰雪之中，近在咫尺的银河发出明亮的光，将岛村轻轻托起了，黑夜中，驹子卷裹入了苍茫的大地。清澄明澈的宇宙间，化作叶子形象的驹子，犹如在仄逼的居室里破茧成蝶的蛹，将天光云影间的斑斑银屑，照耀得分外明亮……

2. 纵情笙歌岛君且看

被卖东京原非所愿，沦为艺伎，陪人卖笑也不是驹子的初衷。

从师傅处学到了精湛的三弦琴技艺，被卖东京时，唯一前来送行的亦只有师傅的儿子行男。这种滴水之恩的情谊，驹子是在心里铭记的。因而，在行男病倒之时，为了尽快治好行男的病，怀着报答和感恩的情谊，原本纯洁的驹子就这样甘愿沉沦了。

作为五等艺伎，用笑脸作为面具的驹子，周旋于各色嘴脸的食客之间，并在人间沧桑的屈辱里残存着。静寂的山村里，沦落于风尘之中的她，依旧在努力地学习。要正正经经地生活的她，努力地看小说，并作着小说名称、作者、小说内容的读书笔记；手工画格记日记，“不论什么都不加隐瞒地如实记载下来”的日记，数量达十几本……如此种种，为的只是努力地能够，给低贱的自己增加些许的涵量。

她与岛村如遇知音一般地谈论着遥远的外国文学，饶有兴趣地讨论着不曾看过的戏曲和电影。冰雪之中，他们以朋友相待，于无形之中恪守着男女之间本应保持的距离。因而，孤独的岛村在雪国停留的首个七天时日里，驹子被岛村视作了纯洁的良家妇女。

但是，在后来的岛村向驹子提出帮他找寻艺伎的要求时，应召而来的驹子，对这个刚刚下榻就要找寻异性伴侣的男人，便本能地产生了抗拒的情绪。

最终，在生存的压力之下，还有先前的交流中，岛村流露出的富于才华的书卷气息，使美丽与狎昵猥亵，伴着房间内艺伎计时收费用的清香气息，悠然地点燃了。

因了利益与灵魂的交易法则，岛村贪婪地品赏着驹子的美貌，在驹子身上释放着人的本原的肉的欲望满足。同样，爱慕的情愫俱在悄然增长的驹子，为岛村的包容与学识所折服着。精心地伺候着岛村的衣食起居，倍伴着岛村在美丽的雪国圣地尽情地游玩着。

播洒了笑脸，收获了金钱，同时又孕育了爱情种子的驹子，对这位候鸟一般暂时停留于此的东京恩客，有着不同于常人的亲切之感。在他的面前，落没的情感找到了理想的归宿，他似乎就是自己寻觅已久的结婚对象。因此，乘着客人有意地把自己灌醉，驹子便故作跌撞地向岛村的住处跑来了。她对岛村哭、对岛村笑，迷蒙一般地说着与生活有关和无关的琐碎之事，胡乱地写着戏剧演员、电影演员的名字，还有把“岛村”这两个字重复地无数遍地写着。这一晚，在岛村的住处，半推半就之间，醉了的驹子留下了。

被爱情占据了的情感是敏感的。委身于岛村的驹子依旧以提早离开的方式，在邻人面前保持自己的形象。在岛村的面前，她竭力保持着洁静的生活习惯，矢口否认了外界传言的自己与师傅儿子订婚的消息，又果断地拒绝了死皮赖脸地缠住她要同她结婚的浜松。但是，不愿意将情感转嫁于他人的驹子，面对岛村对那个在来时的火车上，留存于火车车窗上精心照料一位患病的男青年倩影，姓甚名谁的疑问，驹子在闪烁地回避。

在艺伎的交易法则中，“情感”这个词汇是无法用筹码来衡量的。卑微的她，祈望对岛村的爱有着些许的回复。可是，这火一样的热情，水一般地温存，还有这挥之不去的悲情与虚幻，及种种的努力，只是驹子一厢情愿的。在岛村疲惫、空灵的世界里，驹子的种种努力，仅被归结为“美丽的徒劳”。同时，建立在婚姻之外的情感，本身就是不道德和不为世人所认可的。驹子，只是一个久在婚姻的围城之内的男人渴望来调剂平淡生活的风景，和他自己人生漂泊的港口，一个并不重要的婚姻之外的偶遇。

艺伎们计时的清香，同样也燃烧了岛村家中妻儿的记忆。初到雪国，就要差人寻找艺伎的他，俨然是孑然一身的孤家寡人。与驹子相处的时日，留在东京的妻子、孩子也暂时不存在了。他对驹子没有难舍难分的离别冲动，有的只是对驹子那份频频相会前等候的依恋。

似乎愈是要抓住某一样事物，这事物就愈会变得缥缈和闪烁一般。在虚无、缥缈和无望的守护中，岛村只是在大雪来临的季节，从东京乘着三个多小时的火车而来，在这里作着短暂的停留之后，又匆匆离开了。

离别的站台前，矛盾的驹子面对心上人长久地离开，眼泪的堤坝随时会被暗暗的幽怨和依依不舍冲垮。祈望将爱人挽留，心又几乎要随爱人同去的伤感，一波又一波地冲撞着驹子。以至于泪流满面的她，在面对急切跑来，并向她报告师傅的儿子行男患肠结核即将咽气，哀求驹子回去见上最后一面的叶子时，正被离别的悲伤之感占据了整个心思的驹子，对这一哀求断然地拒绝了。

这场“美丽的徒劳”的爱情里，委身于远在东京且已有家室和儿女的岛村，并渴望着爱情归宿的风尘女子，对于情人偶尔到来的温存是心有不甘。

风尘女子的低微身份，还有情人已有家室的现实，得到爱情果实的愿望便如夜空下，缥缈的银河一样虚浮了。她在岛村的面前，除了深深的哀怨，便是利用头上的发簪哧哧地扎刺铺席，来发泄心中的烦闷。不愿放弃，又想留住这份候鸟一般爱情的驹子，只得向岛村提出“一年来一次就成，带夫人来也欢迎，这样可以长久”的哀怨要求。

岛村离开雪国的日子里，等待爱情再次来临的驹子，在漫长的守望中，心被一次又一次地揉碎着。她一天一天地数着心上人离开雪国的时日。只要天落大雪，她便跑到当初离别时的车站，一趟又一趟地等候、盼望心上人的影子。

同时师傅的家人，同样关心着师傅儿子的叶子，那个在火车站台高声呼唤弟弟，并被岛村数次打听的叶子，却在默默地陪伴着病榻之上，生命即将走向终点的行男。与岛村同行的火车上，叶子无微不至地照顾着人们传言的驹子的未婚夫行男。在他生命最后的一刻，四处奔走并满天找寻地满足着行男要见驹子最后一面的愿望。在行男去世以后，天天到墓地去凭吊的叶子，这份美丽、纯洁、善良，并纤毫不染于人世污浊的执着与情谊，是难以用金钱和燃烧的清香换得的。

或许，驹子早已在等待中自知了与岛村的这种“美丽的徒劳”之爱，不会开花，也不会结果，只会在春的来临时消融殆尽。诚意的付出，却没有换来真心的爱。在漫长的等待中，驹子的青春年华一点一点地消逝了，原本纤弱窈窕的身段也开始逐渐变得丰满、成熟。

似乎是孕育这场“爱情”的始祖川端康成先生自身身世的写照。幼年时间，在不到两年的时间遭遇了父母的相继去世，祖父母和姐姐又陆续病故，他一生体弱多病，漂泊无着。成为了孤儿后，被西成郡丰里村母亲娘家黑田秀太郎收养。母爱的缺失，初恋的重挫，情场的多次失意，使得心情苦闷的川端康成先生，逐渐形成了感伤与孤独的性格。

“生并非死的对立面，死潜伏于生之中。”岛村与驹子之间虚无而矛盾的爱情，似乎就是作者川端康成先生本人苦难人生的缩影。

命运多难、精神孤苦的他，在幼年时代的亲人离别，青年时代恋爱的挫折，学业有成之后在文学艺术上取得了骄人的成绩。但是，因受着日本古典文学和禅宗思想的影响，他带着人生的彻悟和超越了世俗道德的纯粹的精神体验在自己的工作室，以含煤气管自杀的形式离开了人世。以另一种方式存在的他的作品，在美丽的雪国里，充满的是冰雪一般凄凉的寒意，文中的人物和爱情则是富于象征意味的虚无的。

同川端康成先生黯然离世一样，叶子以无言的死化作无言的活的方式离开了雪国，而获得了更多的生命自由。电影院胶片着火引起的意外火灾中，叶子在救出孩子之后，被倒塌的火焰湮没了。樱花一般纯洁的叶子，随着橘色的魅影，以死的方式而生的她，破茧成蝶一般地离去了。似乎是一剂唤醒沉迷于虚幻中的驹子的一剂猛药，驹子清醒了，抱着亲人尸体发疯叫喊的驹子，终于向岛村表示了她日后要过新的生活的意愿了。

在雪国，由灰暗的天空黯然飘落的雪花，恰似飘零在川端康成先生赋予理想化身的驹子心中因情人离去而溢出的眼泪。一朵一朵伤感的雪花，从灰的天、枯瘦的枝桠间黯然地漂落，连绵悠远的山林里、纸糊窗格的屋檐上、旷野的田地间。这冰冷的白雪，封冻了驹子痴心的爱。爱情的尾声，近两个小时的等待，岛村没有等到回程的火车。冷冷的寒意伴随着渐近下沉的斜阳，凉透了岛村的脚尖。

搭乘着返回温泉浴场的车轮，经过了浴场的岔口、守护神的杉树林边还透着亮光的“菊村”的房子。这一刻，迷恋岛村的驹子依旧不请自到地又出现了。此时，在悄悄目送岛村的驹子弓着腰，抓住车门把手，跳跃着上到行驶的车门踏板上。在停止的车上，举手投足之间，十足艺伎派头的驹子与岛村在作着最后的情感温存。

明明苦练琴艺也离不开这个落没的乡村，明明是付出所有，也得不到爱情的任何回报，可是，驹子依旧坚持着。这，也许才是纯粹的爱！

当今社会的物质之爱，或许早已将这种不求回报的精神之爱取代了。择偶，也于无形之中，被覆盖了一层利益的薄膜。透过雪国里美丽的驹子反思爱情的真谛，何为徒劳？何为真爱？也许，在这个物欲横流的社会，美色与权力同样成了艺伎们计时收费的清香，驹子的那份“美丽的徒劳”，成了名利场上最最有效的交易筹码。真爱，或许也和雪国里随着春的临近而远去的雪一样，已难觅芳踪了。

3. 秋虫婉转情谊难忘

岁月的本身，便如冬日里漫天飘飞的花瓣，于生命轮回之中在做着反向凋落。

忧郁是《雪国》的主人川端康成有限的生命里，所有的基本色调。这恰似雪国漫天飞舞的雪花，美丽、纯洁，和驹子、叶子姑娘一样晶莹剔透，又如此地来去匆匆。

离别的情绪逐渐向岛村迫近。绉丝在雪地里，被一个个从小学习纺织的年轻姑娘纺织、晾晒、归整，再配上纺织姑娘的姓名、地址，在人们的瞩目中，就成了纯洁与财富的标志。这个机器林立、利润第一的时代，那些精细的手工自然被淘汰了，再没有人怀恋那将挚爱织进绉纱的姑娘们了。

花儿的美丽，是从花蕾的形成、骨朵的膨大和花瓣的绽放等一系列的过程之中体现出来的。可驹子本是樱花一样美丽的人生，似乎从来就没有品尝到鲜花开放时的温暖、幸福。花儿绽放之前的骨朵，是需要它的肌体——枝干，来供给水分、养料，才会变得充实、饱满。明知是徒劳，在这场无望的爱情里，驹子还有她化身似的叶子，依旧在作着飞蛾扑火般执着地坚守。

生命的尽头，叶子在痴痴地守候着，精心地照顾着本是驹子的未婚夫行男一切的生活起居。在行男的坟茔前，也只有叶子每天前来凭吊的身影。为岛村的包容与才华所折服的驹子，在同情人岛村交往，倾注了自己全身心的情感。花儿一般的驹子，在这场只会开花但不会结果的爱恋里，向岛村付出了自己的贞操与青春。她斩断了自己将会成为三弦琴师傅儿媳的可能。她拒绝了仰慕自己多年，并大自己五岁男子的求婚。三年时间的交往，驹子在漫长的等待中，由一个十七八岁的花季少女，变成了体态丰满的、二十一岁的待嫁妇人。

但是，源自男人骨子深处的劣根性，已婚的岛村迷恋的是

驹子青春的肉体。对于驹子如此地倾情和为之作出的种种努力，岛村给出的定义仅是“美丽的徒劳”而已。驹子，只是精神空虚的岛村富裕的生活境遇里，一道暂时的可口提神作料。

在与驹子的交往之中，岛村富于春情的目光同时还是游离的。第二次前往雪国，摇晃的车厢里，美丽的叶子石刻一般印在了岛村的心上。叶子那慈母一般照顾火车上重病男人的情景引起了他种种的猜想。

从这对温馨的男女之间透出的美丽灵秀是令岛村着迷的。虽然，这份着迷仅限于岛村在偶尔的闲暇间向驹子好奇的打听。但是，与驹子的肉体欲望和缠绵相比，似乎却在弥补着他原本空虚的精神遐想。

生长于雪国的秋虫，因秋的到来，一只只在纱窗上、灯光下、衣橱里、山林中……静静地死去了。先前泛着嫩绿的杉林，也因雪的到来，变得枯萎、皲裂。萧瑟的寒风中，秋日里火红的枫叶在飘零。曾经温暖的暖阳，也被刺眼的亮白和冰冷所取代。

在雪地里晾晒的一尺一尺蝉翼一般清凉的绉纱，是由清洁人家的女儿们在冰雪里织成的。这薄薄的纱，似乎也唤醒了岛村，同与纺织绉丝的姑娘一样纯洁无比的驹子徒劳交往的愧疚。这样的绝望心绪中，离别的脚步愈加地临近了。夜空中，冷艳的银河削去了驹子原本的娇妍。那青春的活力，不再是诱惑岛村奔向雪国的动力。先前，你我两人的相遇，脸上就会泛出的红红的红云，也被“一年只来一次”的哀怨和泪水冲刷怠尽……

因纯洁而生，又混迹于不纯洁的世间的驹子，在被冰冷浸泡的爱恋里，注定提前陨落了。电影院里因电线短路引起了蚕房的大火，从蚕房跌落下来的叶子，在驹子的裂肺的呼喊和人们匆忙的脚步中，香魂陨落。

情感与现实、欲望与虚幻……与美丽的雪国水墨画卷一般，向人们展开，又迅速收拢。画卷收拢的最后，驹子、叶子，这两朵开在洁白世界里的并蒂樱花，因这冰冷的雪的摧折，在橘红的火焰里凋落了。“灵”与“欲”，在美丽的雪花封冻中，暗淡下来。

拾壹　泪溅桃花，情弥海天

Chapter Eleven. Camille

姓名：玛格丽特（法国）

出处：《茶花女》——小仲马

身份：上流社会的“交际花”

人生格言：这样决绝地离去，只为在生命的尽头痴心守候

彼岸迢迢意难了，咫尺遥，韵华方好。悲切切，只是凄惶池沼。淡渺渺，永昼皦皦。一缕暗香伴青鸟，泪痕残，锦书言少。怀旧梦，做个芳魂讨扰，常忆薄情未了。

——冉冉云·彭娇妍

日记，记录着来自乡村的她对文学、音乐的美好向往，同时也记录着她在生命的最后时刻，祈望见到爱人最后一面的渴望。

曾经，花容月貌的她，过的是衣食无忧，生活无规律的日子。花瓶般的她被富有的男人们携着出入于各类高档场所，被巴黎的贵族公子争相追逐，是红极一时的“社交明星”。

在朋友的介绍下，她被心胸狭窄的他痴心地爱恋着。

金钱可以买来一切，同样也可以买断爱情。为了他，她舍去了原有的奢华，毅然选择了与他同住乡里。为了维持生活所需，她也背着阿尔芒，典当了自己的金银首饰、披巾和车马。

只是，他的传统的父亲来时，黯然的她只得返回巴黎重操旧业，同时还要接受着盛怒之下的他当众的羞辱。

垂死的病床前，除了逼她还债的债主们，没有一个探望、关心她的人。弥留之际，她不断地呼喊着他的名字，每次有人开门时，这双本已昏聩的眼睛便闪出了等待的亮光……

1.晓梦庄生绕彩蝶

有的人并非甘愿走向堕落，也不是落入风尘的女子，都喜欢过着受人供养的生活。这种出卖自己的灵魂的事与物，除非是分不清世间的善恶美丑，才会胡乱而为之。

和许多世俗小说中才子佳人的故事一样，美丽、善良的女主人公玛格丽特略懂音乐，能弹奏出好听的钢琴曲子。她喜爱文学、且谈吐不俗。可是，家境贫困只有一个相依为命的姐姐的她，命中注定成为了巴黎上流社会以出卖色相来生存的烟花女子。

放荡的生活，纵情声色的浮华，还有辗转于诸多情人之间的没落，是摧残玛格丽特青春与健康的催化剂。丰厚的物质满足了玛格丽特的一切，但是这份“富足”也是建立在条件之上的。因为，她只有在情人们偶尔的闲暇和片刻的欢愉下，才能和他们拥有少许的“团聚”。在情人们面前，她要随其笑而笑，随其忧而忧。她向情人索取物质和金钱，付出的却是青春和贞洁。

尽管她常常标志性地带着白茶花和糖渍葡萄出入于剧院的包厢、广场以及各类舞会，美丽、漂亮的她，俨然一位上流社会的贵妇人，可这虚幻的背后，唯一能说明的就是，她只是这些情人们用以炫耀的，如宠物一般的“物”。

夜宵、熬夜、通宵达旦……很快掠走了玛格丽特的健康。她开始不断咳嗽，发烧、肺病接踵而至。青春年少的她，不得不在医生的吩咐下，来到上比利牛斯山区的温泉疗养地。

与此同时，在巴黎的某个富贵庄园里，一位出生名门，和玛格丽特有着同样姣好相貌和身材的少女，正在父母的宠爱下快乐地成长着。

她有众多的佣人照顾着她的生活起居，她在最好的学校接受着良好的教育。在过完成年礼之后，她就可以成为一位同样身份、地位与自己相当的男士之妻了。少女是公爵的明珠，也是整个家族的希望。

但是，先天的羸弱，加上医疗条件的匮乏，肺病不失时机地与富贵庄园争夺了这位可人的妙龄少女。她，便是后来和玛格丽特成为情人的公爵的女儿。

鲜花四溢的巴涅尔，如母亲的久违的温暖怀抱，慷慨地接纳着每一个慕名于此的病痛之躯。

温泉疗养地一池一池冒着薄薄雾气的泉水，洗去了玛格丽特和病友们身上的痛楚，卸下了她们行走于尘世间的污垢。加上医生们良好的治疗方案，病人的脸上，暂时泛出了先前的红润。

病人们中间，富贵少女和玛格丽特身材、长相酷似。年龄相仿的她们，病况相同。这便使整个巴涅尔有了多少的机缘和巧合的氛围。加上玛格丽特举止得体，生性热情奔放，具备了与人沟通基本的条件。因此，在医生的候诊室、病房里，还有温泉水池中，她们或多或少地留下了交谈的印迹，和对病情的探讨。她俩，在旁人看来，就是一对生着同样病症的“孪生姐妹”。

可是，富贵和宠爱，终究留不住少女短暂的生命。因为，少女的肺病已经到了第三期。就在玛格丽特来到巴涅尔后不久，少女便离开了人世。

“夫妻离别，中年丧女。”人生最大的痛苦莫过于此了。我们或许不应该质疑公爵的初衷。妻子已先他一步离世的公爵，在女儿也相继香消玉殒之后，孤苦伶仃的他，只有长久地停留于巴涅尔，期望能够在这里感受到女儿在世时的每个足迹，每个留存的物与事。

以至于，当玛格丽特行走于一条小径的拐角时，便使痛失爱女的公爵认为就是女儿的亡灵掠过。可想而之，在遭受亲人离别之苦的伤害之后，再次见到与女儿外貌相似之人是何等的心情。这就犹如久久地漂泊于无垠大海之上的一叶舟帆，一旦遇到突兀的孤岛，便立刻靠上岸去不再离开。

玛格丽特顺理成章地成了他最好的精神慰藉。公爵最初是想把玛格丽特认为义女的。一则，可以使这个贫困的女孩免于衣食之忧，一改以往的堕落与放荡；二则，可以从玛格丽特的身上找到女儿的影子，这也是对和女儿同命相怜之人的一种眷顾。

如果，玛格丽特有着公爵女儿同样良好的出身，美丽灵秀的她将会是一种什么样的人生呢？或许，她的天姿灵秀，加上得体的举止，至少会就读于当时最好的大学，有着良好的归宿，并享受着亲人和家庭给予的良好经济来源。加上她的美貌，她或许将是上流社会一颗闪亮的明星。

可是，假设终归是假设。玛格丽特肺病的起源，来自于她迫于生存的放荡，和上帝对她这种藐视贞洁的惩罚。她的放荡、青春美貌名扬巴黎、巴涅尔。

作为男人用以炫耀自身实力的另一种形式的“物”，富可敌国的公爵是玛格丽特奢华生活的最好经济来源。而玛格丽特，则是公爵活下去的唯一精神寄托。

原本，公爵是不知道玛格丽特的真正身份的。她只是自己女儿影子的一个替代者。就好比，照顾和资助了玛格丽特，就是告慰女儿的在天之灵一般。年迈的空虚，对生命理解的彻悟，似乎使名声和玛格丽特的过往，变得不是那么的重要了。玛格丽特跟随公爵回到了巴黎，随之而来的整个街头巷尾的纷纷议论也没有使公爵改变初衷。

因为，有了玛格丽特，公爵在硕大而空旷的庄园里，他还有一丝念想，和一个暂时可以依附的精神寄托。

2. 空舍有情最无端

每个人的心中，都或多或少的有一方宁静之地。就像《圣经》里所讲的，人需要定期忏悔自己的原罪一样，才会使原本善良的心房不致玷染更多的污秽，人才会没有负重地活着。

世俗的丑与恶，似乎还没有完全掳走玛格丽特干净的灵魂。在玛格丽特的身上，阿尔芒、读者、还有我，都可以看到她纯真的影子。例如，她情愿自己债台高筑，也不愿意爱人阿尔芒为她支付一个法郎。她甘愿抛下都市的繁华，与爱人奔向贫瘠而广袤的旷野。这说明她的心灵里，还至少存有一丝的洁净。

阿尔芒真心地爱这位姑娘。为了使心爱的人过上像以往那样奢华的生活，他甘愿去赌博。甚至用规范玛格丽特的生活时间，使她减少损害身体的通宵达旦、夜宵等等一切不规则的夜生活，让她的病情有了明显的好转。

郊外的出租房是两颗年轻的，且充满激情的心的归属。在这里，他们的爱日渐升温，甚至一度到了疯狂的程度。就连短短分离数小时，或者一方偶尔的离开，也会引起另一方的嫉妒、猜疑，或者焦躁不安。

可以说，玛格丽特和阿尔芒在这座漂亮的三层小楼房生活的时日，是他们相识以来最最快乐的时光。也是玛格丽特短暂的一生之中，最无忧无虑的日子。她挨了母亲的十二年打骂。成年以后，美丽无瑕的她，由于生活所迫，又走上一条出卖贞洁且受人鄙夷的卖笑之路。但是在这所郊外的出租房里，玛格丽特曾经的寄人篱下，出卖灵魂，在这里统统被隔绝世外。

这似乎使人想起了秦淮八艳之一的李香君。

舞低杨柳楼心月，歌罢桃花扇底风。李香君是秦淮河畔媚香楼里的红姑娘。媚香楼建得精巧别致，临水而立，站在楼上凭栏而望，烟水澄碧、画舫织彩的秦淮河尽收眼底。

崇祯十六年，二十二岁的侯方域前来南京参加礼部会试。通过友人杨龙友的介绍，侯方域与李香君在媚香楼邂逅。李香君娇小玲珑，眉眼儿俏丽生辉，小嘴唇微微上翘，显出几分俏皮。

在媚香楼里，他们诗画传情，互诉衷肠。一幅大型横幅山水画，就使侯方域对这个娇小稚嫩的青楼女子刮目相看。随即，以画为媒，两人由陌生到熟识，由熟识引入诸多共同话题，再由诸多共同话题，变为相见恨晚的知己。灯火阑珊的秦淮河，倒映着李香君与侯方域的双双丽影。

绰约小天仙，生来十六年；
玉山半峰雪，瑶池一枝莲。
晚院香留客，春宵月伴眠；
临行娇无语，阿母在旁边。

这首小诗，鉴证了两人深深的爱情。

他们一个是自幼随家乡名士倪元路学习诗书，且祖上是刚直不阿的忠臣之子的翩翩少年；一个是娇柔多情、蕙质兰心诗书琴画歌舞样样精通的青楼玉女，接连几次交往之后，便双双坠入了爱河之中，缠绵难分。

最后，受父母之命应试赶考的侯方域，在友人杨龙友的资助下，顺利地隆重邀请了一大批有头有脸的风流雅士，给付了鸨母丰厚的礼金，使李香君专属钟情于侯方域。一柄系着侯家祖传的琥珀扇坠的上等镂花象牙骨白绢面宫扇，如玛格丽特身边常常带着的白茶花，时时伴随着李香君左右。

同样，巴黎郊外的出租房的花坛前，玛格丽特与阿尔芒丽影双双地停留于窗户前，观赏鲜花盛开的夏季景色，在树荫下并肩领略来自大自然的点点芬芳气息。郊区生活，使玛格丽特开心不已。她像只自由的鸟儿，在旷野飞翔。甚至，田野里的一草一木，都会使这位多愁善感的少女，显现出少有的欢呼雀跃。

在这里，谁也不知道他们是谁，他们也没有债务之忧，更不用去逃避世俗的冷眼。蓝天、田野，或者树林的芬芳、鲜花和风，如天幕下没有束缚的巨大心房。在这个巨大的心房里，玛格丽特从中找出了本来的真与美。

可是，这一切都是徒劳的。阿尔芒如侯方域一样，他们的经济基础甚弱，根本没有能力帮助玛格丽特偿还如此巨大的债务，更别说两人结合以后，生活巨细的各项开支。公爵对这个所谓的唯一的精神寄托记挂不已，同意帮玛格丽特租下这座房子，也只是为了使玛格丽特的身体快快地恢复健康。

在这座巴黎郊外的出租房里，往日里旧的生活习气使玛格丽特依旧习惯来宾如潮。这些客人来的目的便是玩笑、取乐。以至于，偶尔想到此寻找精神慰藉的公爵，一见到这种奢华的风月排场和十五个人之多的浪笑场面，便觉得有失身份，愤然离去。

现实与理想，总是残酷地撞击得碎碎的。玛格丽特先前在公爵、伯爵们的供养下生存，习惯了与奢华为伍的她本身就负债累累。一旦与公爵断然决裂，等于寄生于母体的馋虫，一下子失去了养料。

倘若以往有人告诉玛格丽特，如此富有的人给予了她如此多的金钱和物质，能在恰当的时候开源节流，想必被富有男士供养惯了的玛格丽特，至少后来不会债台高筑，尴尬地受制于人。

选择爱人，背叛供养者，后果便是债务的不断高涨。

玛格丽特只能靠一点一点地变卖自己的财物，来求得生存。

3. 素笺无语恨迟迟

和世间众多相爱的情侣一样，他们快乐地荡漾在爱的河流里。

他不介意她曾是受人供养的风尘女子。为了能够和她有短暂的相会，他心甘情愿地守候在她的别墅门前，等待富有的情人们离开；为了使她能有充足的经济来源，他走进了赌场；他们一刻也不能分开，因而，他对父亲的来信视而不见；见不到她的时日，他的怀抱里就珍藏着她六个月前丢掉的纽扣……她，是阿尔芒的整个希望和生命。

但是很快，现实就异常残酷地把两个相爱的心撕裂了。

父辈们的潜意识里，玛格丽特这类女人，就是一部榨钱的机器。她们会在榨尽了情人的最后一滴血汗后，毫不留情地离开。同时，她还会让你倾家荡产，身败名裂。

就这样，为了阻止儿子的继续堕落，父亲考虑再三，终于果断地出面了。

儿子到了谈婚论嫁的年龄，本该在未来的某个时候被儿媳称“父亲”的人，就这样，不失时机地，把还沉湎在爱的河流中的玛格丽特提起来，尴尬地暴露于家人面前。

信里的“父亲”，和众多长者一样，言辞是温婉的，语气亦是和蔼的。他提出，希望把儿子阿尔芒支开后，能和玛格丽特单独谈一谈。

这使玛格丽特既忐忑不安，又充满希望，并且不得不见面。

假若玛格丽特出身名门，接受过正规的高等教育；或者，她只是贫民家的女儿，尽管没有良好的出身，没有接受什么教育，但没有任何污点；这位威严的父亲或许会放下颜面，亲切地与她交谈，询问这个妙龄女郎的家世，当下生活状况，还有父母的境况等等。

玛格丽特支开阿尔芒之后，“父亲”就急切切地赶来了。

与之相对的，是与来信中和蔼的“父亲”判若两人的冷酷。傲慢、盛气凌人，刚柔相济的威胁，还有迫切地希望这个所谓深爱着自己儿子的女友玛格丽特，从儿子的生活里快快消失，并且最好是从此再也不要来打扰他的生活。这一切一切的谈话，使先前的印象里对“父亲”的到来，还带有些许祈望的玛格丽特，一下子从幻想中惊醒，她从天堂跌落到了谷底。可问题是，

是阿尔芒先爱上的玛格丽特。他们相识之初，阿尔芒还受到了玛格丽特的嘲笑。

现实中的“父亲”，说服力是极强的。家庭的体面，妹妹待嫁的体面人家，均因了长子阿尔芒结识的是由人供养的风尘女子，会成为这个家庭和妹妹未来幸福的绊脚石。换句话说，站在父亲和家人的立场，尽管阿尔芒现在对这个女子的爱到了如痴如狂的地步。但是作为家人，是绝对不会承认她的存在的。这会使阿尔芒的父亲脸上无光，使亲人的脸上蒙羞。还有，妹妹嫁入体面人家的愿望将会化为泡影。尽管玛格丽特没有花阿尔芒的一分钱，阿尔芒的支出，在他的个人经济允许范围内。

同阿尔芒交往后，玛格丽特也在试图悔过自新。她与过去断绝了来往。并拒绝公爵的经济供给。在负债数额激增的情况下，她变卖了马车、披肩、首饰。可是“名誉”这个词汇，一旦被玷污了不该有的颜色，就如被镌刻在光滑的岩石上，终身洗刷不掉，挥之不去。

玛格丽特是个知识丰富的姑娘。在没有情人作陪的闲暇，她往往会阅读各种书籍，尤其是那本《玛侬·莱斯科》，她读了又读，还在上面作满了批注。所以，她不同于其他被供养女子，她在他人面前，谈吐得体，气质优雅。

她完全可以一面拒绝“父亲”的一切要求，一面继续与爱人阿尔芒保持来往。并且，凭着阿尔芒近乎疯狂的爱，她可以不需要花费多少气力，将阿尔芒从父亲的身边夺过来。

但是，一想到本该属于阿尔芒的光明前程，阿尔芒亲人们的幸福生活，最终使这个可怜而善良的姑娘向“父亲”妥协了。

根据承诺，在阿尔芒离开后不久，玛格丽特就重新投入了N伯爵的怀抱。为表明自己的决绝，她用信件的方式，告诉阿尔芒自己已是另一个男人的情妇，让自己深爱的男人从此不要再来打扰她。

作出这个决定，玛格丽特是万般不情愿的，甚至使她痛苦不已。阿尔芒是唯一的真正关心和爱她的人。此前，可怜的她只有在一只猫儿那里得到过温暖和关爱。他们互相爱着对方，亦不计财富和名利，离开了对方一刻也活不成。可作为妓女的她，在威严的“父亲”面前，是如此的卑微。以至于，当她眼睁睁地看着自己所爱的人和女友奥林普在舞会上当众调情时，只能转身离开。她被爱人用奥林普这个筹码，大肆羞辱、诽谤。如此种种，她只有和着泪水，成全自己心爱的人。

在父亲的眼里，玛格丽特只是儿子人生旅程中偶尔失足的过客。忘掉这样一个女子，如同做了一场悲伤的梦。梦醒过后，他的明天同样会重新开始。而且，这个继承了家庭一切优点的长子，在不久以后，还会和一个有着良好家庭背景的纯洁女子结婚、生子，继承父母的家业……

但这仅仅是父亲理想中的儿子。事实上，与父亲当初预想的完全相反。

大雨没有阻止阿尔芒冲动的脚步。一刻也离不开对方的阿尔芒，在黑暗的雨夜，从布吉瓦尔这个遥远的乡村小镇赶向巴黎。行走中，他健步如飞。黑暗的森林，偶尔驶过的马车，成了他步行的见证者。

爱，使阿尔芒心头的火焰在熊熊燃烧。但收到玛格丽特的绝交信后，阿尔芒就如被人泼了一盆冷水，进而变成一头愤怒的公牛，四处乱撞。

他像小偷一样快速地奔跑；他将玛格丽特的绝交信交给父亲，并热泪滔滔地痛哭不已；他一遍又一遍地读着以前玛格丽特写给他的信，他把它作为自己唯一的精神寄托；原本活泼开朗的他，因此沉默寡言，情绪一落千丈。体力的严重透支，使他心力交瘁。没有她，他如处烈火。

这或许能给伤痛中的玛格丽特些许安慰。至少，这表明阿尔芒是爱自己的。

其实，善于用信件表达情愿的玛格丽特，向阿尔芒表明事实真相是毫无困难的。但是，承诺在先，她只好一忍再忍。这份深深的爱，变成了度日如年的煎熬，她只能以笔记的形式，悄悄地在纸张上痛苦刻画。

在父亲的关怀下，他选择了随着父亲去围猎。他试图用这种方式治疗心灵的伤口，并让玛格丽特从自己的视线中淡出。

阿尔芒的痛苦，使父亲倍感安慰。至少，谈话取得了成功。这个受人供养的女子，多少还信守承诺，善良还没有全部从她身上泯灭。他甚至在心里还有些许的愧意。他在责备自己，那天的话语和态度过于激烈。如果可以，在某些情况下，他可以给她些什么作为补偿。

谈话之后的玛格丽特，在万般不情愿的情况下，委身于N伯爵。重新有了经济来源的她，赎回了原本属于她的家具、马车，还有名贵的首饰。她拖着纤弱的病体，麻木地与情人们纵情笙歌……

日子，似乎就这样一天一天在过去。爱情的火花在岁月的流逝中，一点点熄灭。在爱情这条道路上，他们，抚慰着各自的伤痛，并均朝着相反的方向，越走越远。

4. 红尘来过意永存

爱情，这个易碎的奢侈品，终究是不该属于这样一个女子的。

而且，名誉已被沾染上了污点的她，更不该拥有。

尤其是真正的爱情到来时，义无反顾的玛格丽特，就如误喝了一杯芬芳的毒酒，在幸福的麻醉中悄然陨落。

如果玛格丽特与阿尔芒从来不曾相识过。或许，这个漂亮的女子，现在正与情人们快乐地出入各种高档场所；她依旧习惯性地携带着一束洁白的茶花，吃着属于她的糖渍葡萄；尽管，她偶尔会咳嗽，之前也曾在疗养院接受过系统治疗，但她的身体状况也不至于如此快地每况愈下；虽然，她只是被情人们作为“物”在享用，但是，至少富足的生活，会给予她一个栖身之所，不至于沦落到所有物品被拍卖一空的境地；虽然，她的精神是空虚的，但至少不会被人狠心地抽走身体里的整根柱子；更不会那么快地，一下子瘫倒在床，从此一蹶不振。

一件事物的发展到达顶峰之后，往往会朝另一面迅速发展的。

沉浸在爱河里的阿尔芒，似乎也曾怀疑玛格丽特突然离去的蹊跷。并且，对父亲的两次避而不见，他也疑惑不已。但是，这份强烈的爱，在玛格丽特突然离去的假相面前，还是使这位热血青年昏了头脑。

他将放荡、低俗的奥林普拥作自己的新情妇。谣言、威胁、辱骂和诽谤，成为报复玛格丽特突然变心的最好武器。这时，痴心的玛格丽特，在信守诺言的前提下全部避让了。

可这个不明就理，心胸似乎过于狭隘的男人，在一再地变本加厉。

离开心爱的人，她的心口，撕心裂肺一般疼痛。她依然遵守承诺，死守秘密，只能在阿尔芒的身后默默地哭泣。

玛格丽特成功地把阿尔芒从自己身边赶走了。并且，使得他从此一去不回头。

这是一个容易冲动的年龄。或许，应该有人提醒一下阿尔芒，

要冷静下来，认真分析一下个中的原委。比如：玛格丽特近来的反常表现是出于何种原因；还有父亲两次的避而不见，父亲来后不久，玛格丽特就一再坚持自己到巴黎再去看看的反常态度，等等。

此时的玛格丽特身体已每况愈下了。她因此变得憔悴不堪，本来纤弱的她，再加上反复的夜宵、熬夜，已然病入膏肓。可怜的玛格丽特认为，身体上的痛苦和折磨，远比心灵上的摧残来得痛快。所以，这个本该是充满青春活力的肢体，最终成了一具美丽的空壳。

痛苦和责难，在玛格丽特眼里是幸福的。尽管阿尔芒的手段卑劣，言语令人窒息，但玛格丽特慷慨地一一接受了。她认为，这足以证明，阿尔芒对自己的爱是如何的深厚。

她接受了阿尔芒父亲送来的带着有些愧疚的施舍，拒绝了N伯爵给予的一切。这是一位慈爱父亲良心的偿还，相比被作为低劣人格的践踏后的施舍，这要高尚许多。更何况，这份关爱里，有着阿尔芒的成份。她透亮的眸子里，闪着一丝幸福的光。

“思念”这颗种子，一旦在心里生了根，不管这个心房是如何的坚强，还是如何的脆弱，它都会像毒草一般，朝四周迅速蔓延。

在病床前，玛格丽特拾起了久置的秃笔。她发着高烧，咳嗽吐血，但她撑着柔弱的病体，在病床上苦苦思索。

她不久便要离开人世。体力和精力的严重透支，只会加快病情的快速恶化。为此，医生一再嘱咐不能天天写东西了。

她谢绝了医生的好意。冥冥之中，玛格丽特似乎觉得，终于有一天，阿尔芒会知晓事实，会明白自己为了成全所爱的人，还有爱人的家人所牺牲的种种。因此，在有限的生命时光里，她有必要用手中的笔，向阿尔芒述说这一切。甚至，她在发着高烧的时候，涂上胭脂口红，去同阿尔芒第一次约会的包厢，去看望那个自己爱人曾经坐过的座位。在这个记录过程中，玛格丽特不断地想起同爱人阿尔芒的每时每刻，又不断地重复着现实生活中的悲凉与痛苦。因为，记录，是玛格丽特的唯一精神寄托。

病痛使玛格丽特变得毫无用处。那些曾经垂涎玛格丽特美貌的情人们，似乎在一夜之间全都不见了踪影。一向全靠玛格丽特生活的邻居杜韦努瓦尔太太，也不再来看望这个垂死之人。普吕当丝在玛格丽特不能如数支付报酬之后，借口避开了。那些曾经的债主纷纷找上门来，找这个能给情人们带来虚荣的“物”进行索要。

幸而，玛格丽特的身边，还有朱丽·迪普拉。是她，在玛格丽特失去知觉以后，继续帮着玛格丽特记录着她生命最后的时刻，记录着病床上，那双可怜的眼睛。每次有人开门，这双本已昏聩的双眼，便闪出了亮光。她希望是爱人阿尔芒来了。她至死都在呼喊着爱人的名字。她是多么希望能够见到爱人一面！但是，直到最后一刻，玛格丽特那双满含祈盼的双眼永久地闭上时，阿尔芒也没有出现。

真感谢朱丽·迪普拉的不离不弃啊！有了她，玛格丽特才不会在阿尔芒的嫉恨和误会中，走向另一个世界……

“门巷欢呼十里寺，腊前风物却惜春”。人们渐渐忘记了这个美丽的姑娘。

直到突然的某一天，阿尔芒终于来了。阿尔芒悲伤的哭泣声是如此的惨烈。就像玛格丽特的心破碎时一样，他同样有着撕心裂肺一般疼痛。

玛格丽特的墓碑旁，一束洁白的茶花静静地依傍玛格丽特的遗像前。如今，这束芬芳已经消散殆尽的花朵，只剩下几个纤弱的花瓣，寂寞地在迎风舞动。

阿尔芒是迈着沉重的脚步来到玛格丽特坟墓旁的，他低垂的头含在胸前久久地不曾抬起。对爱情这个词语的理解，有些姗姗来迟的他，在今后的人生旅途中，只能在深深的悔恨中，一遍又一遍地诵读玛格丽特留下的只言片语，并从日记里，找回双方曾经失去的爱！

拾贰　情谊，价值几许斤两

Chapter Twelve . Ball Of Fat

本名：伊丽莎白·鲁塞（法国）

出处：《羊脂球》——莫泊桑

身份：风尘女子

人生格言：阳光、正义、恪守底线，且乐于帮助他人

笑靥如花时尚早，风卷残云，有米千般好。凌烈寒霜隔岸草。傲骨铮铮羞潦倒，对语斜晖及地扫，高飞却作庸人恼。

——蝶恋花·彭娇妍

当一个人有利用价值的时候，他们会把你伺候得像皇帝。一旦失去了利用价值，这人也成了不再使用的破旧抹布。

设法从德军司令部弄来离境证书，令低贱的她成了由贵族、资产阶级、教会人士、反对党人士等十个“上等人”组成的出逃队伍中的一员。

候鸟一般迁徙，曾是如此高贵，并且目空一切。可他们唯一忘却的是，出行时所要携带可以果腹的食物。

为此，这些所谓的“上等人”，便放下了面子主动向这个唯一带了食物的女子搭讪。甚至，有人还用假装晕倒的方式，来获取有食物的她的同情之心。因了这些所谓的刻意讨好，善良的她，食物被扫荡一空。为了顺利通过敌占区军官的阻截，她又被“上等人”商品一般地送给了敌占区的军官。

一切奉献完毕，当她再次返回到马车上时，先前的那些笑意，此刻已经换作了冷漠、鄙夷，还有视而不见的面具。

1.殷勤堪叹黑无常

冰冷的雪，在伤感的法国卢昂城市上空无力飞舞着。没有任何依傍的雪，因暗夜里风的威慑，在天空中四处飘荡。

雪随着由风带来的冰冷和威慑，一点点地凝固，直到冻住了大地上残存的最后一丝温暖。它们无力飘飞的身影，犹如战争中吃了败仗，丧失了土地，失去了亲人，还要担负大量赔偿的法国人民一样，惊恐憔悴又伤痕累累。

也因冬日里雪的到来，土地上，硝烟四起的战火，暂时停止凝滞了。取而代之的是失去色彩的军服、破败的旗帜、受伤的肢体、因战争而变得木讷的大脑。还有法国人民不愿轻易低头的尊严与坚守。出于对生的渴望，还有骨子深处富足与享乐的原罪，肆虐的风雪之中，卖劣质葡萄酒的狡猾骗子卢瓦佐夫妇、貌似高贵且富有的于贝尔·德·布雷维尔伯爵和伯爵夫人、全省奥尔良派代表卡雷-拉马东夫妇、神圣的两位嬷嬷还有不起眼角落里的一男一女，一行共十人，在夜的护佑下，顾不上天气严寒，乘着事先预订好的马车，一齐候鸟一般出逃了。

远行，是如此地义无反顾。他们，有的是为着大笔的生意贸易，有的是乱世之中要快速寻求新的庇护所，还有少数在幻想着在新的目的地能够建立新的防御工事……这漫天的大雪，还有黎明还未到来前浓浓的夜色，也没能阻止他们出逃的脚步。

他们如硕鼠般，悄悄地行动。天还未亮，他们就已匆匆地携着尽可能带走的家当，早早地在诺曼底大旅社的院子里等候了。为了防止被人认出，穿上长袍的胖教士用厚厚的毯子把自己包裹得严严实实的。面对尚未转动的马车车轮，那些曾经高贵的头颅，此时被洒满了雪花，如奴隶一般伪善地俯首称臣。

尽管风雪地里吹来的寒气，足以凉透各自的心骨，而且一个个已被冻得如雕像一般的“上等人”，竟然丝毫没有动摇他们出逃的决心。

似乎是亲鸟偶尔错孵出来的子女，红苹果一样的脸蛋，密密睫毛下圆溜溜的黑眼睛，妙年发胖，矮矮的身材已全身滚圆的风尘女子，本名伊丽莎白·鲁塞，诨名“羊脂球”，鹤立鸡群一般，成为了这支由贵族、资产阶级、教会人士、反对党人士等组成的十个人的出行队伍中的一员。与这些高贵的“上等人”相比，她的存在是如此地不合适宜。进而，芍药花一般脸蛋上生着一张妩媚小嘴的她，一旦被人们认出，便立刻被高贵的“候鸟群们”孤立了。

还是因了她的存在，这支小小的出逃队伍，立刻分立成了三派。一派是以三位贵妇人为首组成的有夫之妇的高贵团体；另一派，则是披着神的外衣，并罩着神权光环的中立团体；还有一派，便是众矢之的攻击对象——羊脂球了。

“上等人”们的窃窃私语里，她被冠以了低贱的称号。妇人们更是无视她存在，故作高声地议论着。还有 “卖淫妇”、“社会的羞辱”等词语，同雪花一样冰冷地充斥着狭窄的车厢。她不得不用挑战意味的眼光向“上等人”回击。

卑微，一如暗夜里缓慢飘落，而又迅速冻结的雪花。对于粗暴的来袭者，还有需要供养的荒淫的普鲁士军官，她是强烈地抗拒的。正如受过良好教育，并也替法国人叫屈的普鲁士军官一样，参与这场伤痕累累的战争，谁都不情愿。

高尚的灵魂是不会轻易屈服的。同年轻的羊脂球一样，城里的百叶窗后，一双双睁着惊恐眼睛的法国卢昂人民，在密密地注视着街头的一切。夜晚，借着月光笼罩下的卢昂市郊河畔，处于劣势中的法国人民，在作着最后的抵抗：独自行走的敌方官兵、一两个或者两三个失去了方向的来袭者、处于酣醉状态的敌军将领……在理想和信念的支撑下，被许多由射手打扮成的农民，假装在农田里耕作，乘机偷袭来袭的骑兵侦察队，打死敌人的传令官兵。他们果断地亮出明亮的匕首，举起巨大的石块，或者愤怒而有力地伸出坚实的双手，迅速而神不知鬼不觉地结束了这些闯入自己领土的入侵者。这些罪恶的躯体和着沉沉的夜色，被湍急的河水和深沉的污泥迅速掩埋了。

反抗亦使得来袭的侵略者们心惊胆战，防不胜防。他们在军队传令扎营时，要防夜袭；行军时，要防伏兵。单独行动的官兵，更是提心吊胆，他们生怕遇上游击队员的拦截。

羊脂球的出逃，只是因为这颗小小的爱国之心，不堪忍受

暴虐的侵略者的一次又一次割裂。她不是高贵的公主，也不是华贵的伯爵夫人。因为一无所依，所以，不堪忍受侮辱的她走得决绝而坦然。

她其实是可以好好生活的。她原本有足够食物，是可以不用离开家乡跑到别的地方去的。就连在出逃之前，细心的她，也为自己准备了足够三天生活的食物。

马车因风雪而耽误了行程，候鸟们迁徙的路线，因渐渐升起的饥饿，暂时搁浅了。

仓促的逃遁，伴着灰溜溜的心境，使准备充分的“上等人”唯一落下了解决温饱的基本之物。加之，因了战争的洗礼，路途中没有一家饭店，唯一的酒馆，因饥饿的法国队伍和将要入侵的普鲁士士官的到来，而变得空无一人。大路边农庄里的农人们，也因一次又一次的洗劫，隐藏了他们的储藏品，拒绝向外界一切的给予。金钱，在此时变成一堆毫无作用的废纸。

原来，“上等人”也不是不食人间烟火的，他们同样是有着七情六欲的肉体凡胎。

当第一次饥饿来袭时，这些所谓的“上等人”，并没有因伊丽莎白·鲁塞拥有“公众耻辱”、“卖淫妇”等不光彩的名号，而轻蔑和藐视她的食物。相反，为了获得羊脂球提篮里的食物，他们熟练地使出了先前在生意场和名利场上偷偷摸摸、坑蒙拐骗等惯用的手段，主动向这个唯一带着食物的姑娘搭讪。还有的，甚至用因饥饿假装晕倒的方式，以获得这个“富有”的姑娘的同情之心。

他们的目的直接而单一。其实，下贱的她，本不应具有怜悯之心。可在这些戴着面具，并无视她存在的人面前，天真的她，忘记了先前大家的冷语和嘲讽。那些所谓的评价议论，仅仅在她的脑海里作了短暂停留后，就消失得无影无踪了。因不忍他人挨饿，所以她不作任何思考便慷慨地奉献了自己的善良和同情。

因为有了果腹的食物，“上等人”们在羊脂球面前曼妙地显出了只有在上等场合才有的和悦颜面。他们带着难得的笑容，享用着原本是“下等人”的美味。饥饿和暂时的获利，拉近了“上等人”与“下贱人”的距离。他们成了羊脂球的兄弟姐妹，并加倍耐心地倾听着给予了他们食物之人的出逃缘由。这些戴着面具的笑脸，暂时收起了先前的冷漠；就连喝酒时，原有的卫生习惯和应有的绅士风度也变成了向这个有食物之人的讨好与献媚。待她说到精彩之处，还不时地附和着，貌似敬仰地大加赞赏。同时，伴着这些赞许，食物、美酒，如同是在给羊脂球恩赐一般，被饕餮地一扫而空。

十三个小时路程的颠簸后，马车暂时在托特镇停顿了。不是此次旅行到达终点，而是在 “上等人”眼里，威严的普鲁士军官的兴趣使然。屈从与讨好似乎无处不在。他们寄宿旅馆寒冷的灯光下，威严的普鲁士军官面前，披着黑色修女服的嬷嬷，用修道院里听受一切征服力姿态，表示了臣服。还有狡猾的卢瓦佐，为使自己的利益不受丝豪损失，时刻向普鲁士军官讨好、献媚态度和神色几乎是从马车内出来，脚尖与地面着地的同时一泄而出的。

暂时停顿下来的夜晚，是恐惧不安的。他们被莫名地扣留了。

尽管如此，旅店客房的钥匙孔内，依旧有偷窥的眼睛，贪婪地在注视着过道里暧昧的一切。

披着浴衣、手持烛台的羊脂球从洗手间返回自己的房间。紧随其后，轻手轻脚的，是穿背带裤的科尔尼代。

他卑劣地向羊脂球提出了皮肉的交易请求，但被羊脂球果断地拒绝了。原因是，在敌人的区域从事如此交易，会亵渎自己的国家，自己的良心也将会从此不安。她的这份爱国之心，似乎也唤起了科尔尼代微弱的自尊心。因此，还有着些许爱国之心的他，若有所思地离开了。

人性其实是恶的。看透了他们的普鲁士军官，将放行的王牌紧紧地在手中掌握着。扣留的理由，只是羊脂球过于诱人的肉体。并且“愿望一天得不到满足，全体旅客就一天不能离开”。为了防止他们的出逃，严加把守的普鲁士官兵，还把监视的视线跟踪到了他们外出的每一个脚步。

这是令人愤怒的，更是对一个国家的羞辱。无理要求面前，同时也是考验车上每一个人的道德水准的最好砝码。平日里，他们齐声高唱爱国之歌，还有慷慨激昂的爱国言辞，此时，便可以一鉴其真伪了。

一次次的提问和不能通行的警告，没有使这个缺乏什么爱国知识的风尘女子就此退却。她用自己最朴素的方式，表示对外来侵略者的痛恨，还有作为一名法国人对自己的祖国最纯朴的热爱。野蛮的要求，被胖胖的羊脂球愤然拒绝。

这是一场道德与尊严的较量，也是一次肉体与利益的对弈。夜是如此的黑。在“上等人”那里，国家、尊严、耻辱、名誉与个人利益相比，一切都是那么地微不足道。

这个曾经给予过他们帮助的女子，此时仿佛一枚决定胜负的棋子，被“上等人”紧紧地捏持着。因为，棋局中的每一步，都决定着他们的前途、财产还有安危。

利益，使还在黑暗中奔向目的地的人们忘却了本来的面貌，失去了原本最根本的东西。为了共同的目的，羊脂球的身后，这些焦急不堪的“上等人”聚集在一起秘密地策划着。

利益的较量中，他们分别扮演着不同的角色，献身出力的泛泛议论和虚构的论据犹如一把把坚实的利器，有所准备地迫使这个貌似坚实的堡垒迅速瓦解。

为拯救被围困的维杜利城，乔装改扮身赴敌营，灌醉了敌将荷罗菲尔纳，又割下了他的脑袋使敌军不战而溃的犹太女英雄犹滴；因被暴君塔尔奎尼乌斯的儿子塞克斯图斯奸污，最终导致罗马王国灭亡的古罗马名将之妻卢克雷蒂娅；凭其美貌征服了恺撒和安东尼等罗马名将的古埃及托勒密王朝的末代女王克娄巴特拉；为了复仇和忠诚，而跑到加布把汉尼拔和他的将领搂在怀里的罗马女公民；还有为了把可怕的疾病传染给拿破仑一世，故意让自己先染上性病的出身名门的英国女人……这些牺牲自己贞操，赢得伟大胜利的故事被“上等人”一一地罗列出来了。

唯恐劝慰和说服的力度不够深刻，胸前挂着十字架的嬷嬷也行动了。嬷嬷语重心长地解释：犯了重罪的行为，只要是为了上帝的光荣，或者是为了人类的幸福的举动，是不会受到天主的处罚的，同时这类罪恶还会得到赦免。老嬷嬷还认为，亚伯拉罕本人若是接着来自上苍的命令，他是可以连父母也一同杀害的。只要出发点对，没有任何事情会给主带来不快。

同时，这个戴着尖角风帽的圣女嬷嬷还抛出了，她们是去看护好几百个出了天花的士兵的堂皇理由。她们的医术是如何地高明，没有了她们的及时到达，一切将不堪设想……而行程偏偏被这个普鲁士军官粗暴地阻止了，那些可怜的法国士兵的生命，似乎就在羊脂球的倔强和顽抗中一点点消逝。

这些虚构的历史，被焦急的"上等人"和"神权"在过度地夸大。俨然妇女存在的唯一价值就是，向一切强横力量不断委身。黑夜，真如一味优良的麻醉剂。伴着伟大理由的劝慰，还有来自神权的神圣使命，使原来坚定的羊脂球渐渐松动了。

激烈而温婉的言辞，舒缓有序的劝慰有时机，有节奏地撞击逐渐被瓦解的欲望灵魂。在一双双急切的黑手的推动下，为了同伴的利益，卑微的羊脂球怀着奉献的迷茫，最终还是走向了普鲁士军官的床幕。

"上等人"的利益保全了，他们又可以顺利地携着各自的家当，安心地逃离了。可奉献没有换来丝毫尊重。"上等人"先前收起的冷漠和藐视重新回到了他们脸上。在他们眼里，这个以交易为主要工作的姑娘所作的牺牲，如同一个肮脏的废物，被"上等人"冷冷地丢弃了。

可是真正低贱的究竟是谁呢？

这支集体出逃的旅行队伍，不都是利用了自己与来袭的普鲁士军官的熟识关系，并向侵略自己国家的敌人显示了卖国求荣的面孔，才得以顺利出逃的？

卡雷－拉马东太太一直是普鲁士官兵慰藉寂寞、赖以安慰的出身名门的女人。出身于诺曼底最古老又最高贵的于贝尔·德·布雷维尔伯爵，他的世家中，卜来韦家一位夫人不也是向享利四世献出了身体，并怀了孕之后，才得来的高贵姓氏和地位？还有他的伯爵夫人，这位出生于南特市一个小船长之家的女儿，除了伯爵先生之外，不也和路易·菲力浦的一个儿

子曾有恋爱经历吗？

只是，他们的交易和行为，是在华丽的服饰还有高贵的称谓掩盖之下的。他们的行为成了理所当然，而生活在社会最底层的羊脂球便是下贱和伤风败俗的代称。

饥饿又一次来临了，除了羊脂球，一车的人都在高高兴兴地吃着。因为前夜陪伴普鲁士军官，她来不及为自己准备任何食物。饥饿、委屈占据着她的身体。但再也没有人注意，没有人搭理在车厢一角独自垂泪的她了。对于这个曾经给予了高贵的“上等人”最基本的温饱之需，并解除了他们前途和安危之忧的底层之人，此时，没有一个人给予这个曾经的恩人丝毫回馈。

雪，依旧在纷纷扬扬地下着。冰冷的雪，冻住了一颗热血沸腾的、充满爱的纯结之心。同时，雪花那与生俱来的白，也隐没了暗夜里的万物外表，使事物失去了本来的颜色。

2. 解语费尽白尘劳

黑暗，可以裹挟一切的丑恶、虚伪和奸诈。但是，当白昼来临时，那层假仁假义的面纱，同样也会失去往日栖身的场所。

就像羊脂球所处的纷乱的战争一样，葡萄酒商、伯爵和伯爵夫人、全省奥尔良派代表、嬷嬷……这些高于羊脂球的“纯洁善良”的修女，“高贵优雅”的贵妇，“风度翩翩”的绅士，为了在战争中得以苟且，他们乔装了外貌，隐藏了笑脸，转移了家资，而不管战争带给其他人多少的死亡、血腥。

虽然矮矮的羊脂球浑身滚圆，手指头丰满得像是一串短短的香肠，而且皮肤光润绷紧，未施任何粉彩，也没有任何修饰。但是，芍药花一般脸颊的她，呈现在人们面前的是朴素无华的真实。

与身披华贵服饰、手带温暖手炉的贵妇人和伯爵们相比，她的尊严，是一钱不值的“下贱货”。

当人的价值与意愿被不平等所左右时，反抗便由此产生了。为了逃离战乱，确保自己的利益不受损失，他们不惜利用自己熟识的关系、大量的金钱向普鲁士军官求和，以获得一张由总司令签发的出境证。冰雪中，宁可冻得浑身发抖，他们也不能阻挡出逃的决心。第一次饥饿来临时，“上等人”先前傲慢、轻蔑、不可一世的神情，还有“卖淫妇”、“社会耻辱”等大声议论刹时就不见了，取而代之的是不论阶级的兄弟姐妹的笑脸，还有九张饕餮的大口和对食物一扫而空的神速。

在国家的敌人——普鲁士官兵面前，“先生你好”的媚态是随着脚尖落在通商旅馆的地面同时拜给他们的。当羊脂球被普军传唤，“上等人”唯恐自己或者同车人稍稍不慎的举动给自己带来麻烦，便极力催促、劝慰羊脂球应允。与此同时，他们还人人自危，个个都在想着自己被传唤后的卑屈办法。

长久的扣留，让有钱的“上等人”害怕得发狂了。他们害怕自己钱包里的金币落入他人口袋，又害怕富有的钱财会招来性命的安危。因此，心虚的他们快速地拿下了悬挂于外的金表链，把自己伪装成穷人。尔后，羊脂球与普鲁士官兵的秘密终于被揭穿了。“上等人”对普军这一罪恶行径在表示了简短的愤怒和对羊脂球象征性地给予了爱抚和怜惜后，便秘密地，把羊脂球当作了他们手中一颗决定利益的棋子。

为使这个善良的姑娘尽快屈服，在羊脂球的背后，他们聚集在一起，秘密地策划着。在他们的逻辑里，向普军委身是无上荣耀的。神权、虚构故事、伟大的传说，被他们恰当地拿捏着，如钓鱼儿一般小心地引诱着她。他们装作长辈，意味深长地、略带轻蔑地谈判，只愿倔强的羊脂球自己快速作出决定。还有，为他们驾车的车夫，也是凭着与普鲁士官兵熟络的兄弟般的关系，才得以自由出入于各个区域。在通商旅馆的整个扣留过程中，车夫畅快地周旋于普军军营，以及法国各地，为 “上等人”勤勉地传达着各种信息。

最终，他们顺利地通过了检查站，又开始上路了。

先前飘飞的雪花不知何时骤然停止了。白茫茫的世界里，加上白天高悬于空中的冬日，把大地上的一切都照耀得透亮。车厢里，除了羊脂球委屈无奈的哭泣，剩下的只有“上等人”和嬷嬷们留给她的冷眼。此时，毫无利用价值的她，如一件废品般被无情地抛弃了。

这就是19世纪，等级与地位观念充斥人们大脑的资本主义社会缩影。在这样的社会里，人人设防，人人自危的真实写照。

把历史的画卷翻回硝烟弥漫的1870至1871普法战争战场。

原本，雄心勃勃的拿破仑三世是带着挑逗的姿态，主动向普鲁士宣战的。战前，为了争取更多外部支持，法国企图拉拢奥地利、丹麦和意大利，企图组建一个反普同盟。但是，这个被冠以了挑战恶徒的拿破仑三世，此次的外交活动没有成功。竭力争取到了俄、英等大国支持的普鲁士早在拿破仑三世之前，就同四个邦国缔结了秘密协定，它们将在战争中同普鲁士并肩作战。向来喜欢四处征战的法国，此时被邻国们孤立了。

对外，在外交上失败了。对内，法国民众和工人阶级已在马克思和恩格斯的领导之下，于1864年成立了世界第一国际无产阶级的第一个革命战斗组织。而且随后不久，在巴黎以及其他一些城市，都相继成立了“第一国际”的支部。工人的政治罢工，犹如雨后春笋一般，不断地在法国大地上出现。

拿破仑三世政府，由于其残酷的统治，工人罢工和农民反抗运动不断在法国各地爆发。加之大资产阶级和官僚政客的压迫和剥削，工人阶级和劳动群众过着牛马不如的艰苦日子，因此，“打死波拿巴”、“共和国万岁”等革命口号不断响彻法国上空。工人和警察之间的流血冲突也时有上演。

一如被普鲁士官兵扣留的“上等人”，要急切地离开普军封锁的通商旅馆一样。内外交困的局面，使得焦虑的拿破仑三世近乎走投无路。他只好用发动对外战争的方法转移国人视线，来摆脱国内的政治危机，并借以阻止普鲁士对德意志的统一。

仓促的准备，涣散的人民群众力量，使得法军在疲惫的拿破仑三世向普鲁士宣布开战之后许久，还沉浸在一片混乱之中。纵观局势，拿破仑三世够用来作战的野战部队，总共不超过40万人，可以立即调往前线的，最多也只有20万，其中大多数部队还缺少装备。

更加荒唐的是，当接到作战命令时，有的军事头目尚在非洲的阿尔及尔寻欢作乐，有的将军找不到自己的部队，有的部队更不知道自己的长官身在何处。甚至战争爆发的一个星期以后，有的官兵还不知道双方交战的地点在哪里，也听不到任何枪炮声。还有的连作战用的地图也没有，粮秣、弹药和帐篷等十分缺乏。要求补充装备、给养的电报，有如冬日里飘飞的雪花一般，纷纷飞向巴黎的作战指挥总部。

同样如同喜欢享乐的“上等人”。在法军的大本营里，向来养尊处优的拿破仑三世，在当权执政 19 年来，拼命地在海外扩张的他，所侵略的均是比自己弱小处于劣势的国家。他习惯于在皇宫里下令调兵，极少亲临作战。他在世界各地耀武扬威，残酷地攻击和蹂躏殖民地的人民，但却对军队作战准备的糟糕情况一无所知。

截然不同的是，普法战争的消息一经发出，北德意志联邦中的各阶层人士，以及德国工人阶级的很大一部分群众，纷纷表示支持政府的决议，人们群情激昂。

军事上，普军形成了一套较好的制度，对官兵的作战训练有着严格的要求，平时进行正常的考核。在武器装备方面，开始有了后膛装弹的火炮，这种火炮的射程和射速远强于法国。在主张科技进步的战略战术上，普军通过修建铁路，使作战部队机动的速度大为提高，与拿破仑一世时代相比，提高了六倍。这也给战争赢得了时间与空间。人力上，除了凝聚一心的广大普鲁士群众，还有德意志帝国的“灵魂”“铁血宰相”奥托·冯·俾斯麦，以及好学勤思、懂七国语言的陆军元帅赫尔穆特·卡尔·贝恩哈特·冯·毛奇。由此创造了德意志的鼎盛时期，使德国取代法国成为欧洲大陆的霸主起着重要的决定作用。

强烈的攻势和精良的作战规划，在战场上很快见到了分晓。

初次交战，法国接连三次失败了。恐惧和惊慌的情绪很快动摇了整个法军指挥机关。面对前线的败局，眼见大本营里的忙乱，惯于养尊处优、向来趾高气昂的拿破仑三世神情沮丧，面容憔悴，似乎到了末日一般。如在风雪夜悄然出逃的“上等人”一样，这位法国军的总司令、统率全军的最高统帅，拿破仑三世本人，竟在战争最最需要决策者来指挥作战方案的关键时刻悄悄地逃走了。由于他行色匆匆，而且逃跑心切，临走时，他仅下了一道委托第3军军长巴赞元帅担任莱茵军团司令，全权负责西线麦茨方向的作战指挥的命令，而对于下一步的军事行动却没有给予任何指令。

群龙无首，加之，当时的巴赞远在前线，直到拿破仑出逃一周以后才接到任命命令。如此一来，在这时间就是生命的一周里，法军麦茨方面作战的各个军，实际上是处在没有大本营统一指挥的各自为战之中的。

失去了主要领导的法军莱茵军团很快陷入困境，17万大军被围于麦茨要塞而毫无作为。拿破仑三世的逃跑行径，很快成为了参战官兵上行下效的典范。后来接任的负责指挥东线的麦克马洪元帅，也同拿破仑三世一样，在由自己国家挑起战争的敌方面前胆小如鼠，自己曾经有过的统帅才能荡然无存。

这场不到45天的会战中，包括拿破仑三世本人，法国的一名元帅、39名将军在内，法军共死伤1.7万余人，被俘10.3万余人。向普军上交出大炮500门，军用车1000余辆，战马600匹，以及所有枪支军械。

本想利用对外战争来消除国内的统治危机的拿破仑三世，在这场战争中，却是搬起石头来砸了自己的脚，终使自己也变成了普军的俘虏。

战争随即进入到了保卫法国国家主权、抗击侵略者的第二阶段。此时的普鲁士侵略者已开始感到精疲力竭了。因为，在法国东北部，几十万普军仍然围困着麦茨、斯特拉斯堡、普法尔茨堡等法国要塞城堡，而国内的援军也是资源有限，要想长期作战也是力不从心的。

假若在这样的形势之下，处于失败地位的法国能够很好地利用海军舰队出击，则可在西部和北部调动军队，以牵制进攻巴黎的普军，这样，法军即使不能一时增调大批生力军，但也可以有效地把现有的武装部队集中起来，实施新的会战。同时，还可以将激昂的工人队伍中许多小股武装派往敌后，从而至少可以或多或少地挽回全败的局面。

可是，法兰西共和国建立起来后，政权却完全被反动的阶级政客们窃取了。把持着新政府的政客们，既害怕劳动人民革命，更深恐被革命群众夺权，不仅不去领导法国人民抵抗普军进攻，反而推行卖国投降政策。

在虚伪面前，一切的爱心和奉献都是徒劳的。诚如与羊脂球同行的葡萄酒商卢瓦佐，用偷偷摸摸和卑劣下作的手段，骗取他人钱财一样。在巴黎被普军围困的132天当中，靠发国难财的大商人们，乘机大搞投机倒把活动。他们卑劣地囤积居奇，造成物价飞涨。还有那些所谓的高等级贵人们，用自己高贵的出身和显赫的地位，快速地掳掠了战争遗留下来的土地、房屋，并无视穷人苦难和善良的法国人民。

普法战争后期，普军长驱直入，以20万大军猛敲巴黎的城门。不屈的法国人民群众奋起保卫家园，但猥琐的“国防政府”首领们只是对外在口口声声地叫嚷着“永不投降”，“决不让出法国堡垒上的一块石头”；但害怕本国工人比害怕普鲁士官兵更厉害的帝国议员法夫尔，却在背地里，写信向普方求和。他在信中表明，他们所要防御的不是普鲁士官兵，而是自己的法国工人。

同样一如卑微不屈的羊脂球，对“国防政府”的不抵抗政策和来袭的普鲁士敌军仇视无比的法国人民，自普军进城后，巴黎城内所有的商店自动关门歇业。广场上流动的喷泉自动停滞。夜晚，昔日灯火彻夜长明的巴黎大街，不再灯光闪亮，成了黑暗的世界。向来袭的普军官兵和在战争中逝世的法国将士致哀的黑旗，同时高高地插上巴黎屋顶，人们不再外出，而是待在厚厚的百叶窗后冷漠地观察街道上的一切，并时刻准备着发动再一次的反抗。

1871 年 1 月 28 日，积极推行海外殖民掠夺的法国，终因人力、物力、军事准备等诸方面不足等因素，主动向普鲁士投降了。

按照普鲁士首相俾斯麦在全国选出国民议会议员的要求，容克地主、反动的天主教徒、大资产阶级分子和明目张胆的保皇头目，成了议会议员的主要组成部分。大地主、大资产阶级、和天主教僧侣狡猾地利用了广大农民渴望和平的情绪，诬蔑城市无产阶级，歪曲国民自民军英勇作战的动机；同时，又虚伪地向农民保证，说什么只有立即实现和平才能摆脱一切灾祸。

就像还稍存些许良知的羊脂球和与她同行的科尔尼代，还有战后得胜的普鲁士军官在法国人民家一块吃饭时，偶尔为法国人民叫屈的军官一样。普法两国在开战之初，普鲁士王国曾打出“只同法国皇帝作战”、“愿意同法国人民和平相处”的旗号竭力抵抗由法国发起的战争，但是最后，在国家利益，德意志民族等因素下，这场反抗战争最终成为了名副其实的侵略战争，使无数无辜的法国人民和参战将士，也如卑微的羊脂球一样，成为了一钱不值的牺牲品。

战争，既是普法战争残酷的战场上，普鲁士与法国政治斗争的延续，政敌双方血肉与实力的较量，也是人与人之间一场灵魂的博弈。

短期内，“上等人”和普法战争中的普鲁士王国获胜了。但是，羊脂球，这个代表着社会最底层的弱势群体，经过了战争这个残酷历练场的历练，曾经懵懂、天真的人，却得以不断成长了。战火的锤炼中，他们看清了“上等人”、“国防政府”露出的本来面貌。他们再不会一味地屈从和受压迫了。

“拯救共和国”、“打倒侵略者”……在这些灿烂的烈焰和极度的奇寒之下，羊脂球们，必将会如格雷夫广场上响彻云霄的《马赛曲》一样同仇敌忾。他们坚定、团结、睿智，且富于顽强的活力。这就是这本经典名著所包含的无穷魅力。